DREAMBOOKS★

정령의 펜던트

발렌 판타지 장편소설

ORIGINAL FANTASY STORY & ADVENTURE

dream
books
드림북스

정령의 펜던트 9 퀸의 희생

초판 1쇄 인쇄 2020년 8월 24일
초판 1쇄 발행 2020년 9월 9일

지은이 발렌
발행인 오영배
편집 편집부
일러스트 보살
만화 빅피
표지 · 본문 디자인 오정인
제작 조하늬

펴낸곳 (주)삼양출판사 · 드림북스
주소 서울시 강북구 도봉로 173
대표 전화 02-980-2112 **팩스** 02-983-0660
편집부 전화 02-987-9393 **팩스** 02-980-2115
블로그 blog.naver.com/dreambookss
출판등록 1999년 3월 11일 제9-00046호

ⓒ 발렌, 2020

ISBN 979-11-283-9856-8 (04810) / 979-11-283-9513-0 (세트)

드림북스는 (주)삼양출판사의 판타지 · 무협 문학 브랜드입니다.

9

발렌 판타지 장편소설

ORIGINAL FANTASY STORY & ADVENTURE

◆ 퀸의 희생 ◆

정령의 펜던트

dream books
드림북스

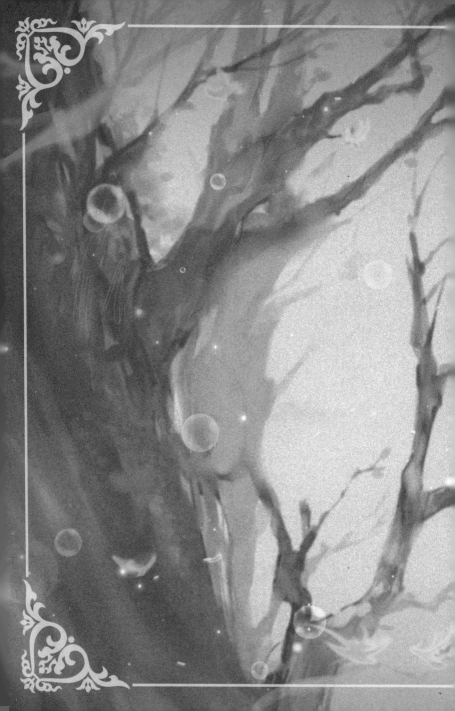

목차

Chapter 1.
황태자의 낭만

1.

"제가 직접 반죽한 도우에 특별히 형님께서 좋아하시는 고기를 얹어 보았습니다. 다양성을 위해 절반은 소, 나머지 절반은 돼지입니다."

2학기 중간고사가 끝났다. 시험 결과에 상관없이 다들 곧바로 가을 축제 준비에 돌입했다. 황태자의 방문 소식은 학생들을 들뜨게 하였고, 결과적으로 아카데미에 활력을 불어넣었다. 어느 때보다 화려하고 성대한 축제가 될 것이라는 게 모두의 생각이었다.

"체크메이트."

바율도 주말을 맞아 체스 대회를 대비한 연습을 하던 중이었다. 마침 바르가 간식을 내온 타이밍에 딱 맞춰서 게임을 끝냈다.

"이런, 또 지신 겁니까?"

오늘 바르가 만든 간식은 피자였다. 막 피자 한 조각을 입으로 가져가던 데스가 바르의 타박에 멈칫했다.

"대체 이게 몇 번째 패배입니까? 어떻게 한 번을 못 이기세요?"

"바르 형님……."

"살아온 세월의 차이가 얼마인데, 이게 말이 됩니까? 이건 정말이지 마계의 수치입니다, 수치!"

탁!

데스가 손에 든 피자 조각을 내려놓았다. 아니, 내던졌다고 표현하는 게 맞을 것이다. 볼썽사납게 테이블 위에 떨어진 피자 조각을 내려다보며 바율과 아몬은 긴장했다.

데스가 음식을 포기한다는 것.

그건 아주 큰 사달이 났다는 뜻이나 마찬가지였다. 그리고 여기서 사달이라 함은 바르의 남은 팔 한쪽이 잘려 나갈수도 있다는 것을 의미했다.

"체스를 누구에게서 배우신 겁니까? 제가 둬도 이보다는 잘하겠습니다!"

"그래?"

데스의 한쪽 입가가 비스듬히 올라갔다. 누가 봐도 미소를 가장한 분노이거늘, 바르만 전혀 눈치를 못 챘다.

"음식을 해 바치는 보람이 없질 않습니까! 한 번만 이겨 달라고 제가 그렇게 간절히 빌었건만, 도통 이해가 안 갑니다!"

"그러게 말이다. 나도 내가 너를 여태껏 왜 살려 뒀는지 당최 이해가 안 가는구나."

"예?"

"그때 팔을 자르는 게 아니라 아예 모가지를 벴어야 했는데, 내가 실수를 했어. 그치?"

"혀, 형님?"

그제야 바르가 분위기를 파악했다. 붉은빛을 뿜어내는 데스의 눈길을 피해 바르가 한 걸음 뒤로 물러났다.

"요새 요리 좀 한다고 내가 너무 오냐오냐했지? 이러다 나랑 아주 친구 먹겠다?"

"아, 아닙니다! 제가 어찌 감히 사령관님과 친구를 할 수 있단 말입니까! 오, 오해이십니다!"

"오해?"

"네넵! 자, 잘못했습니다! 한 번만 용서해 주십시오!"

데스의 몸에서 검은 기운이 일렁거렸다. 그 무시무시한 살기에 바르가 사색이 돼서는 제대로 서 있지 못할 정도로 벌벌 떨었다. 그대로 두면 정말로 큰 사고가 터질 것 같았다.

"바르! 제가 피자만 두고 빨리 돌아오라고 했죠! 왜 이렇게 꾸물거려요? 화덕에 기껏 불 피워 놨는데 다 꺼지게 생겼잖아요!"

바율이 어떻게서든 막아 볼 요량으로 둘 사이에 끼어들려던 찰나였다. 얼마 전 바율이 새로 사 준 앞치마를 두른 리타가 뿔이 나서는 찾아왔다.

데스의 검은 기운이 순식간에 사그라졌다. 팽팽하던 공기도 한순간에 평화롭게 바뀌었다.

"…네엣! 스승님! 갑니다!"

바르에게 리타는 그야말로 구원자였다. 그가 남은 한 팔을 소중히 가슴에 얹은 채 리타를 향해 달려갔다.

"그럼 도련님, 식기 전에 어서 드세요. 맛있게 드시고 열심히 연습하셔서 꼭 우승하셔야 해요!"

"…응, 리타."

바르에게 앙칼지게 소리치던 모습과는 천지 차이였다. 리타가 상냥하게 응원의 말을 남긴 후 이내 주방으로 사라졌다.

리타는 축제 때 바율이 체스 대회에 나간다는 말을 듣고는 기력 보강을 해야 한다며 아침부터 계속 뭔가를 만드는 중이었다.

"아하하, 때마침 시장하던 차였는데 피자를 구워 왔네요. 어서들 드세요."

바르가 무탈하게 살아 나간 것까지는 좋았으나 분위기가 영 스산했다. 바율은 어색함을 탈피하고자 피자가 담긴 접시를 데스와 아몬 쪽으로 밀며 화제를 돌렸다.

"혹시 제가 아카데미에 새로운 교수님들이 오셨다는 얘기를 했나요?"

"아니요, 안 하셨습니다."

그간 시험공부에 전념하느라 대화를 나눌 시간이 부족하기도 했었다.

"저는 좀 오래 걸릴 줄 알았는데 이사장님께서 금방 모셔 오셨더군요. 그러니 아마 신전 업무에 큰 차질은 없을 겁니다."

"그것참 다행이네요. 안 그렇습니까, 데스 형님?"

리타 덕에 사고를 면하기는 했어도 데스의 표정은 여전히 어두웠다. 아직 분이 풀리지 않은 게 분명했다.

"고기가 아주 실해 보입니다. 드셔 보십시오."

아몬이 손수 피자 조각을 덜어 데스의 얼굴 가까이에 가져다 댔다.

"…냄새는 좋군."

데스의 코끝이 벌렁거렸다. 바르의 행태는 괘씸해도 맛있는 음식 앞에서 맘이 풀어지는 건 어쩔 수 없었다.

"그래요? 그럼 저도 어디 한 번 맛을 봐야겠네요."

머뭇거리는 데스를 움직이게 하려면 방법은 하나였다. 그가 보는 앞에서 최고로 맛있게 먹는 것. 바율은 부러 입맛을 다시며 피자를 크게 한 입 깨물었다.

"어때요? 이번에도 성공입니까?"

끄덕끄덕.

오물오물 씹으며 바율이 고개를 주억였다. 주스를 한 모금 들이켜며 엄지를 세우는 것도 잊지 않았다. 일전에 고기볶음을 완성한 이후로 바르는 탄탄대로를 걷고 있었다. 조금 전 망언을 뱉기 전까지는 말이다.

"진짜 맛있네요. 갈수록 실력이 나아지는 것 같습니다."

바율의 칭찬은 빈말이 아니었다. 정말로 바르의 음식 솜씨는 나날이 발전해 가고 있었다. 과거 어떤 요리를 해도 이상한 맛을 내던 바르는 이제 어디에도 없었다.

데스의 고민은 길지 않았다. 피자 한 조각을 뚝딱 해치우는 바율의 모습을 본 순간, 이미 그의 입속으로 피자가 들어가고 있었다.

"오!"

그리고 여지없이 감탄을 터뜨렸다. 데스 역시 아직 믿기지가 않는 탓이다. 어느 날부턴가 갑자기 먹을 수 있는 요리를 만들어 내는 바르가 진심으로 신통하게 느껴졌다.

"와, 간도 적당하고 씹히는 맛도 훌륭합니다. 이게 진짜 우리 바르 형님이 한 게 맞을까요?"

"틀림없을 겁니다."

"어떻게 그렇게 확신하시죠?"

"고기요."

바율이 보란 듯 얇게 저며진 상태로 피자를 꽉 채우고 있는 고기들을 가리켰다.

"리타는 피자에 고기를 올리지 않거든요."

"그럼 어떤 재료가 올라가죠?"

"보통은 토마토나, 올리브, 버섯과 같은 채소류들이 치즈와 함께 사용됩니다. 이건 절대적으로 바르가 만든 게 확실해요."

고기를 좋아하는 바르이기에 이런 창의력을 발휘할 수 있는 것이었다. 간식으로는 다소 부담스럽긴 하지만, 고기와 함께 먹는 피자도 맛은 있었다.

"다 좋은데 양이 좀 적군."

어느새 테이블 위에는 빈 접시만이 덩그러니 놓여 있었다. 꽤 양이 많았던 것으로 기억하는데, 역시나 이들 마족에겐 간에 기별도 안 가는 모양이었다.

"이게 끝이 아닐 겁니다."

"…그렇겠지?"

"네, 화덕에 불이 꺼질까 봐 걱정했던 것으로 봐서 몇 판

더 구워서 내올 것 같습니다."

리타가 데스 형제의 먹는 양을 모를 리 없다. 많이 먹는다고 매번 구박하면서도, 사람은 배부른 게 제일이라며 잘먹이는 데 애를 쓰는 이가 리타이기도 했다.

"형님! 이번에는 닭고기와 양고기를 얹어 보았습니다!"

바율의 말이 끝나기가 무섭게 바르가 새로운 피자를 들고 나타났다. 빈 접시를 보고 용기를 낸 듯 그가 바짝 다가와 갓 구운 따끈따끈한 피자를 내려놓았다.

"……!"

그리고 바율은 순간 이게 피자인지 그냥 고기 요리인지 판단이 잘 서질 않았다. 고기의 양이 이전보다 족히 몇 배는 더 많았기 때문이다.

"그래, 이 정도는 되어야지!"

바율이 당황한 것과 달리 데스와 아몬의 눈빛은 반짝반짝 빛이 났다. 고기라면 사족을 못 쓰는 그들이 아닌가. 이번엔 바르까지 해서 셋이 피자 한 판을 단숨에 아작 냈다. 바율은 맛도 보지 못할 만큼 빠른 속도였다.

"이제 좀 안심이 되는군."

데스가 만족스럽게 배를 두드리며 말했다.

"마계로 돌아가면 뭘 먹어야 하나 걱정했었거든. 한두 번은 요행이라 할 수 있겠지만, 이 정도면 실력이지. 믿어도 되겠어."

"진정 그리 생각하십니까?"

예상치 못한 데스의 칭찬에 감격한 듯 바르가 몸 둘 바를 몰라 했다. 비로소 요리사로 인정받은 기분이라 뿌듯함이 이루 말할 수가 없었다.

"마계 최고 요리사는 이제부터 바르 형님이십니다."

"아, 아몬!"

아몬의 쐐기에 바르가 한 손으로 입을 틀어막았다. 그에 게는 다시없을 찬사였다. 마계에서의 명예 회복의 순간이 서서히 머릿속으로 그려졌다.

"가을 축제를 가지 못하게 된 것은 대단히 아쉽지만, 그래도 바르 형님 덕분에 잘 버틸 수 있을 것 같습니다."

"하필이면 일정이 그렇게 겹쳐서 저도 섭섭하네요. 지난 번 야시장에서처럼 즐거운 시간을 보낼 수 있었을 텐데 말입니다."

"축제라는 게 며칠 한다고 하지 않았나?"

"네, 총 사흘간 열립니다."

"볼일을 후딱 끝내면 그 안에 오는 것도 가능해."

기필코 축제에 참석해 먹을 것을 먹겠다는 의지였다. 각종 먹거리가 있다는 정보를 어디서 들었는지 데스는 물론 바르와 아몬까지 이번 마계행을 엄청나게 가기 싫어했다.

무슨 일인지 바율이 물었지만, 꼭 가야 한다는 말만 할 뿐 자세한 내용을 알려 주지는 않았다.

"이사장이 우리 왜 안 보이냐고 묻거든, 집에 일이 좀 생겼다고 해."

"…여쭤보시면 그렇게 하겠습니다."

그간의 일로 보아 데스와 이사장은 안부를 주고받을 만한 사이가 아니었다. 외려 싫어한다는 인상을 받았기에 그럴 일은 없을 것 같았다.

"세라리카인가? 새로 온 마법학부 교수."

"…그분을 데스가 어떻게 아세요? 전 그에 대해서는 아무 말도 하지 않았는데……."

"이사장이 교수들을 새로 데리고 왔다며. 마법사를 그리 금방 데려왔다면 아는 사이겠지. 그리고 그 여자라면 나도 좀 안면이 있거든."

"혹시 이사장님과 전에 일이 있었다더니 그때 만난 건가요?"

"그렇지. 아무튼 그 여자가 물어도 똑같이 대답해. 하나에서 둘로 늘어나는 바람에 아주 성가시게 되었다니까."

"정확히는 셋입니다, 형님."

데스의 투덜거림에 아몬이 덧붙였다. 무슨 뜻인지 전혀 알 수 없는 얘기에 바율이 눈만 끔벅거리고 있는데, 갑자기 데스가 '한 게임 더'를 외쳤다.

"배도 좀 채웠겠다, 다시 붙어야지?"

"형님, 더는 봐주지 마십시오!"

"…봐주지 말라니요?"

바르의 말에는 상당한 오류가 있었다. 그에 바율이 돌아보자 그가 아까와는 달라도 너무 다른 태도를 취했다.

"이제까지는 형님이 봐주셨던 겁니다. 그러니 도련님께서 계속 이기신 것이죠. 형님의 진짜 실력은 이제 시작입니다."

"아아, 그래요?"

남은 팔 하나를 지켜 내기 위해 마음에도 없는 말을 서슴없이 지어내는 바르였다. 그 덕에 바율은 괜한 오기가 발동했다.

연습은 실전처럼, 실전은 연습처럼.

바율은 그 각오로 체스에 임했다.

10전 10승.

결국 그날의 모든 승리는 바율에게 돌아갔다. 데스가 마지막 한 판만 더 하자고 매달렸지만, 이미 잘 시간이 훌쩍 넘었기에 바율은 다음을 기약했다.

마신과의 대결에서도 전승을 거뒀으니, 어쩐지 축제에서도 좋은 결과를 낼 것 같은 예감이 들었다.

2.

황태자가 아카데미에 도착한 건 축제를 이틀 앞둔 저녁 무렵이었다. 그는 첫 행보부터가 파격적이었다. 특별히 따로 마련한 식사 자리를 마다하고 학생 식당을 찾은 것이다. 갑작스러운 그의 등장에 식사 중이던 많은 학생이 얼어붙었다.

"흐음, 내가 괜한 짓을 한 건가."

입과 손이 바쁘게 움직여야 할 곳이건만 정적이 가득하다. 이왕 방문하는 거, 아카데미 체험을 제대로 해 보고자 결정한 사항인데 학생들에게 불편을 준 것 같아 신경이 쓰였다.

"황태자 전하, 이제라도 자리를 옮기시겠습니까?"

린데만 황태자의 곁에는 의전을 맡은 바율과 친구들이 같이 있었다. 바율이 조심스레 묻자 황태자가 고개를 저었다.

"아니. 여기까지 왔는데 그냥 가는 것도 이상하지. 잠시만 이기적인 사람이 되어야겠어."

황태자가 싱긋 웃고는 보무당당하게 식당 안으로 들어섰다. 그 뒤를 황실 기사단과 만월 기사단이 적당한 거리를 유지하며 함께 입장했다.

조용하던 아이들이 수군거리기 시작했다. 황태자도 황태자지만, 만월 기사단의 표식을 알아본 것이다.

기사가 되길 희망하는 이들이라면 누구나가 만월 기사단에 들어가길 꿈꾼다. 동요하는 기사학부생들의 모습이 여기저기에서 눈에 띄었다.

'아버지가 안 오셨길 다행이야.'

축제 때 아버지를 초대할지 말지에 대해 바율은 나름의 고민에 빠졌었다. 다들 가족과 친지들을 초대한다고 들었기 때문이다.

하지만 아버지는 바쁘신 분이었다. 더욱이 지금은 데릭 형의 일로 마음이 편치 않으실 게 분명하다. 축제는 매년 열리는 것이니 아직 세 번의 기회가 더 있었다.

"근데 어디쯤 앉아야 하는 거지?"

호기롭게 들어오긴 했는데 빈자리가 쉽게 보이지 않았다. 그에 황태자가 망설이자 에이단이 잽싸게 움직였다.

"이쪽으로 오십시오."

녀석이 앞장서며 학생들에게 눈짓했다. 누구든 비키라는 뜻이었는데, 다행히 눈치 빠른 아이들이 후다닥 일어나며 곧 자리가 만들어졌다. 본의 아니게 커다란 테이블 하나를 황태자 일행이 독차지하게 되었다.

"음식은 저렇게 스스로 가져다 먹는 것인가?"

자리에 앉기 전 식당을 둘러보던 린데만 황태자가 식판에 음식을 담고 있는 학생들을 발견했다.

"네, 황태자 전하. 앉아 계시면 제가 가져다……."

바율은 말을 채 끝내지 못했다. 이미 린데만 황태자가 걸어 나가고 있었기 때문이다. 당황한 건 바율과 학생들뿐이었다. 이 정도 돌발 행동은 익숙하다는 듯 황태자를 호위하는 기사들의 얼굴에는 어떠한 표정의 변화도 없었다.

"재미있군."

직접 음식을 퍼다 먹는 행위 자체가 린데만 황태자에게는 매우 신선했다.

"왠지 더 맛있을 것 같아."

빙그레 미소 짓는 모습이 진심으로 현 상황을 즐기고 있다는 느낌이었다. 황태자란 그의 신분 때문에 너무 어렵게만 생각했던 것일까. 이제야 조금 그가 자신들과 비슷한 또래임이 실감 났다.

"음식은 매일 바뀌어서 나오겠지?"

"네, 황태자 전하. 요일별로 식단이 따로 마련되어 있습니다."

"그렇군. 그럼 다들 시장할 텐데 어서들 먹자고."

그의 식사가 끝나야 기사단도 시간을 낼 수 있었다. 마음 같아선 다 같이 함께 앉아 먹자고 하고 싶었지만, 그걸 따라 줄 기사단이 아니라는 건 린데만 황태자가 제일 잘 알았다. 특히나 이렇게 보는 눈이 많은 곳에서는 더더욱 불가능했다.

"역시 맛있어."

고기가 들어간 평범한 수프였다. 그걸 한 숟갈 떠먹은 황태자가 몹시 흡족한 눈빛으로 식당의 전경을 살폈다.

"늘 이런 순간을 상상했었지."

이전에 캐링스턴 아카데미를 다니고 싶었다던 황태자의 말이 머릿속에 떠올랐다. 길지 않은 시간이지만, 그 안에서 잠깐이라도 그가 행복했으면 좋겠다고 바율은 생각했다.

"참, 바율. 중간고사는 잘 봤어?"

"네, 뭐 그럭저럭 무난하게 보았습니다."

"다들 우등생이라며? 내가 미리 사전 조사를 좀 해 봤지."

린데만 황태자가 바율과 친구들을 돌아보며 환하게 웃었다. 이미 황실 파티에서 안면은 튼 사이였지만, 이렇듯 얼굴을 가까이에서 보는 것은 처음이었다.

"다들 고마워. 축제 준비로 정신없을 텐데 내 의전을 맡아 줘서."

"저희야말로 영광입니다. 부족하지만 성심을 다해 보필하겠습니다."

일라이의 입술이 삐쭉 튀어나오는 것을 못 본 척 넘기며, 바율이 대답했다.

"축제 때는 뭘 하기로 했어? 체스 대회에 나가려나?"

"…어떻게 아셨습니까?"

"어떻게 알기는. 황궁에서 체스 얘기했던 거 기억 안 나?"

"아."

자레드 녀석에게 납치되어 까마귀 둥지에서 술을 마시며 체스를 두었던 일에 대해 황태자와 말을 나누었던 적이 있었다. 바율은 까맣게 잊고 있었는데 덕분에 기억이 났다.

"아카데미 입학 신고식을 화려한 승리로 장식했으니, 대회에서도 우승해야지. 내가 응원할게. 다른 친구들은 어때?"

"저는 승마 대회에 나갑니다."

린데만 황태자의 질문에 에이단이 답하자 황태자가 '오호!' 하더니 말을 이었다.

"내가 직접 보지는 못했지만, 얼굴이 말을 엄청나게 잘 타게 생겼어! 에이단이라고 했지? 너도 내가 꼭 응원할게."

"감사합니다."

말을 잘 타게 생긴 얼굴이 어떤 얼굴인지는 모르겠지만, 에이단은 일단 기분이 좋았다. 로건을 멋지게 꺾을 수 있을 것 같았다.

"내가 만약 아카데미 학생이었다면 검술 대회에 나갔을 거야. 솔직히 이제라도 신청하고 싶은데, 안 되겠지?"

"황실 파티를 벌써 잊으신 겁니까?"

일라이였다. 그의 까칠한 답변에 바율과 친구들이 덜컹하며 일라이를 바라봤다.

"아니, 잊었을 리가 없지."

다행스럽게도 녀석의 말 속에 박힌 가시를 황태자는 전혀 모르는 눈치였다.

"내가 주제도 모르고 란데르트 공작님에게 대련을 신청했다가 단박에 거절을 당했지. 그 덕에 엄청난 걸 목격하긴 했지만."

린데만 황태자의 시선이 아주 잠시 헤이즈에게 머물렀다. 그녀는 황태자의 호위를 위해 차출된 만월 기사단의 리더로서 이곳에 와 있었다.

"마법학부의 일라이라고 했던가?"

"그렇습니다."

"네 말은 만일 내가 대회에 나간다면 아무도 제 실력을 발휘하지 않을 거라는 뜻이지?"

"……."

"내가 맞게 이해한 거라면 그건 나도 알고 있어. 신분을 감추고 참가하기라도 하면 모를까, 누가 날 제대로 상대하겠어? 난 이 나라의 황태자인데, 안 그래?"

웃고 있지만 린데만 황태자의 눈빛에선 씁쓸함이 감돌았
다.

"아마 날 인정사정 봐주지 않을 사람이 있다면, 그건 세
상에 딱 하나뿐일 거야."

"……?"

"내 자리를 위협하는 자. 날 반드시 죽이는 게 목표인 자
라면 당연히 그러지 않겠어?"

"황태자 전하……!"

"하하, 놀랄 것 없어. 그저 농담이야."

로티어스 교수가 있었다면 농담도 때와 장소에 맞게 하
는 거라고 조카를 타박했겠지만, 안타깝게도 지금 이곳에
서 그런 말을 할 수 있는 사람은 아무도 없었다.

"이런, 내가 또 괜한 소리를 했나? 이렇게 분위기가 가
라앉을 줄이야."

린데만 황태자가 민망함에 한 손으로 머리를 긁적였다.

"…혹시 아카데미에 오시면 특별히 하고 싶으신 것이 있
으셨습니까?"

화제를 바꿔보고자 바율이 물었다.

"글쎄. 그런 게 한두 가지가 아니어서 뭐부터 말해야 할
지 모르겠네."

그의 말은 진심이었다. 그가 이번 아카데미행에 얼마나 많은 기대를 하고 왔는지 사람들은 모를 것이다. 화려한 황궁에서 평생을 살아온 그가 바라는 것은 어찌 보면 소박했다.

"난 그냥 이런 거면 돼."

황태자가 본인의 식판을 한 번 들었다가 놓았다.

"너희들처럼 평범한 학생이 되어 보는 거. 그거면 족할 듯싶군."

"수업에 참관하신다고 전해 들었습니다. 과목은 정하셨습니까?"

"당연히 정했지."

순간적으로 린데만 황태자의 안색에 활기가 돌았다.

"역사 수업."

'역시.'

짐작했던 대로였다. 역사 수업은 내일 첫 교시에 있었다.

'무탈하게 넘어가야 할 텐데……'

로티어스 교수는 황족이라는 신분을 숨긴 채 교수로 재직 중이었다. 린데만 황태자가 그런 숙부에게 어떤 짓궂은 장난을 치는 건 아닐지, 바율은 쓸데없는 걱정이 샘솟았다.

"그런데 수업만 듣는다고 진정한 학생이 되는 건 아니잖아?"

갑자기 린데만 황태자가 악동 같은 표정을 지었다.

"해서 말인데…… 기숙사 생활을 해 볼까 하는데, 너희들 생각은 어때?"

"그건 안 됩니다, 황태자 전하."

황태자는 의전을 맡은 바율과 친구들에게 물었건만, 대답은 그를 호위하고 있는 기사단에서 흘러나왔다.

"기숙사는 황태자 전하를 모시기에 적절하지 못합니다. 생각을 거두어 주십시오."

"워커."

"네, 말씀하십시오."

"아카데미의 진정한 낭만은 기숙사야. 기숙사 체험이야말로 내가 가장 해 보고 싶었던 거라고."

"하오나 황태자 전하, 거처하실 곳은 이미 따로 마련해 두었습니다. 기숙사는 아무런 준비가 되어 있지 않습니다. 안전하지 못합니다."

"고작 며칠이야. 그리고 내가 몇 번을 얘기해. 내 몸은 내가 알아서 지킬 수 있으니 염려하지 말라니까."

황태자를 호위하는 인원만 일백이 넘었다. 학생들로 가득한 이런 곳에서 대체 무슨 위험이 있을 수 있단 말인가?

수하들의 심정이야 십분 이해하나 린데만 황태자는 이번 기회를 놓칠 수 없었다. 후에 또 이런 날이 올 거란 보장이 없었다. 즐길 수 있을 때 즐겨야 했다.

"게다가 헤이즈 경이 와 계신데 무슨 걱정이야? 안 그런 가요, 헤이즈 경?"

린데만 황태자의 눈길이 다시금 헤이즈에게로 향했다. 갑작스러운 그의 물음에 헤이즈가 잠시 당황한 듯했으나 침착하게 대꾸했다.

"저에겐 그러한 것을 결정할 권한이 없습니다. 다만 황태자 전하께서 어디에서 무얼 하시든 안전하게 모실 것입니다."

그것이 헤이즈가 란데르트 공작에게 지시받은 명이었다.

"들었지?"

만족스러워하는 린데만 황태자와 달리 워커의 낯빛은 신중해졌다. 그는 이번 방문에 총책임을 맡은 황실 기사단의 단장이었다. 문제가 생기면 모든 것이 그의 탓이었다.

"아바마마의 야단이라면 내가 다 맞을게. 그러니 한 번만 봐줘."

"황태자 전하……."

"다른 건 워커가 하자는 대로 다 하면 되잖아. 안 그러면 나 또 숨어 버린다?"

반은 설득, 반은 협박이었다. 결국 워커 단장이 한숨을 내뱉더니 고개를 끄덕여 승복했다. 애초에 이길 수 없는 싸움이었다.

"헤에, 고마워!"

미소를 짓는 건 린데만 황태자가 유일했다. 기사단은 기사단대로 호위를 어떤 식으로 해야 할지 골머리를 앓았고, 바율과 친구들은 어느 기숙사로 황태자를 안내할지 눈빛을 교환하며 고심에 빠졌다.

Chapter 2.
걸림돌

1.

"휴우!"

며칠째 강행군을 했더니 오랜만에 몸이 무겁다는 느낌이 들었다. 황태자의 호위를 맡으면서 가장 예민해질 때가 이동하는 과정이었다.

황궁에서 기차역까지, 기차역에서 캐링스턴 시내로 들어설 때까지, 또 그곳에서 아카데미에 입성할 때까지. 혹여나 생길지도 모르는 불상사에 대비하고자 온 신경을 쓴 덕분에 평소 강철 체력이라 불리는 헤이즈조차도 피곤함이 느껴졌다.

그래도 아카데미에 무사히 도착했으니 마음은 한결 가벼

워졌다. 물론 이곳에서도 호위는 정신 똑바로 차리고 해야 겠지만, 한정된 장소이니만큼 지금처럼 잠깐의 여유를 찾는 것이 가능했다.

"가을인데 여긴 왜 아직도 이렇게 더운 거야?"

아까부터 벗고 싶은 것을 겨우 참았다. 헤이즈는 혼자가 된 순간, 기사라면 누구나가 얻길 소망하는 만월 기사단의 제복부터 벗어 던졌다. 셔츠의 단추까지 두어 개 푼 후에야 숨이 시원하게 쉬어졌다.

"해밀턴은 벌써 겨울이 오기 직전인데, 여긴 나르구나. 밤에도 풍경이 참 좋네."

황태자의 공식 일정이 끝나고 그녀가 찾은 곳은 물의 정원이었다. 달빛에 반사되어 반짝거리는 잔잔한 호수의 자태가 퍽 아름다웠다.

"어디서 바람이라도 세게 불어왔으면 좋겠다."

그녀가 홀로 구시렁거리며 긴 머리칼을 높게 올려 묶었다.

"저……."

그때 뒤쪽에서 인기척과 함께 누군가 그녀의 앞에 나타났다.

"안녕하세요."

"응? 이게 누구야. 라나사로구나?"

근처를 지나는 발걸음 소리가 많았기에 자신처럼 물의 정원을 구경하러 온 건가 여기던 차였다. 의외의 방문객에 헤이즈가 반가워하며 앉아 있던 돌 벤치에서 일어났다.

"앗! 저를 기억하시나요?"

헤이즈가 이름을 불러 줬다는 것에 감격한 듯 라나사의 얼굴에 화색이 돌았다.

"그럼, 당연히 기억하지. 이렇게 예쁜 널 어떻게 잊겠니?"

라나사는 황태자의 생일 파티가 있던 날, 그녀의 대련을 보고 반했다며 사인까지 받아 간 귀여운 숙녀였다. 헤이즈처럼 멋진 기사가 되고 싶다는 라나사의 말은 당사자인 헤이즈에게도 나름의 의미가 있었다.

이전에는 누구도 그녀처럼 되고 싶다는 말을 한 적이 없었기 때문이다. 대부분이 란데르트 공작이나 유명한 남자 기사의 이름을 대며 미래를 꿈꾸지, 어디서도 헤이즈가 거론되었던 적은 없었다.

"황태자 전하의 호위대로 헤이즈 경께서 차출되셨다는 얘기를 전해 듣고 얼마나 기뻤는지 몰라요. 꼭 다시 만나 뵙고 싶었거든요."

"나도 네가 가끔 생각이 났단다."

"…정말이세요?"

"그럼! 나보다 더 멋진 기사가 될 거라니까, 넌."

헤이즈는 진심이었다. 라나사는 어린 나이임에도 성취가 제법이었다. 재능은 물론이고 하고자 하는 의욕까지 갖추었으니, 기사가 될 자격은 이미 차고 넘쳤다.

"말씀만으로도 감사합니다!"

라나사가 기뻐하며 헤이즈에게 꾸벅 허리를 숙였다. 아카데미의 다른 학생들이 보았다면 기함하고도 남을 만한 모습이었다.

얼음 여신이란 별명을 1학기 첫날부터 쭉 지켜 온 그녀가 아닌가.

무표정함의 상징이라 할 수 있는 그녀가 볼까지 발갛게 변해서는 진정으로 부끄러워하고 있었다.

"그럼 이제 물어봐. 궁금한 게 있어서 찾아온 거 맞지?"

"네, 그건 그렇지만…… 그래도 정말로 다시 만나 뵙고 싶었습니다. 헤이즈 경께선 제가 제일 존경하는 기사분이세요."

"내가 여자라서 말이야?"

"…네, 여인의 몸으로 어떻게 만월 기사단에 들어가셨는지 알고 싶었어요."

"너도 만월 기사단에 들어오고 싶은 거니?"

끄덕.

차마 입을 열어 대꾸는 하지 못하고 라나사가 고개만 움직였다.

"이유를 물어봐도 될까?"

"…보여 주고 싶어서요."

"누구한테?"

"…아버지에게요."

"네 아버지라면 보스트리지 남작님 말이니?"

헤이즈는 일반적인 질문을 했을 뿐이었다. 그런데 어째선지 라나사가 답을 하지 못하고 우물거렸다. 그에 그녀가 고개를 갸웃하자 라나사가 불쑥 말했다.

"아니요. 제 친부에게요."

'친부?'

친부가 있다는 건 보스트리지 남작이 라나사의 진짜 아버지가 아니라는 얘기였다. 그럼 남작 부인이 밖에서 낳아 온 자식이란 말인가?

헤이즈는 적잖이 놀랐지만, 애써 담담한 척 라나사를 바라보았다.

황실 파티에서 만났던 남작 부부의 모습이 떠올랐다. 그들은 이상하다 싶을 정도로 라나사와 외모가 전혀 닮지 않았었다.

그땐 별생각 없이 가벼이 넘어갔는데, 이제 보니 녀석에게 뭔가 큰 사연이 있는 모양이었다. 좋은 얘기가 아닐 게 뻔하기에 더 물을 수도 없었다.

사실 출생의 비밀은 귀족가에서 그리 특별한 것도 아니었다. 스캔들은 언제나 만연했고, 그 와중에 사생아도 종종 태어났다.

"만월 기사단은 기사라면 누구나가 꿈꾸는 곳이잖아요. 그곳에 멋들어지게 들어가서 제 존재를 부정하는 그 사람에게 본때를 보여 주고 싶어요."

"…이제 고작 두 번째 만남인데, 나에게 이런 얘기를 털어놓는 이유가 뭐야?"

헤이즈는 라나사가 상처받지 않도록 최대한 다정하게 물었다.

"그건 저도 잘 모르겠어요. 사실 이런 얘기는 누구한테도 해 본 적이 없거든요."

그럴 것 같았다. 절친한 사이에서도 쉽게 할 수 있는 이야기는 아니었다.

"그냥 제가 헤이즈 경처럼 되고 싶어서 그런 것 같아요. 날 깔보는 사람들에게 내가 이만큼이다, 하고 보여 주고 싶은 그런 마음이 들거든요."

말하자면 복수심 같은 거였다.

누군가를 미워하는 것은 처음에 큰 동기가 될 수는 있었다. 하지만 계속 실력을 쌓고 깨달음을 얻다 보면 어느덧 그러한 것은 전혀 쓸모가 없어진다.

그때 필요한 건 오로지 자기 자신과의 싸움뿐이었다.

그러나 그런 건 지금 이 아이에게 아무리 말해 줘도 이해하지 못할 것이다. 차라리 당분간은 그 미워하는 마음으로 정진하는 게 나을지도 모른다.

"우선 교과서적인 대답밖에 할 수 없어서 미안해. 근데 훌륭한 기사가 되는 길은 정말 연습, 또 연습, 그리고 다시 연습뿐이야. 베기와 찌르기와 같은 기본 동작도 백 번, 천 번, 수만 번을 연습해야 나에게 맞는 자세가 찾아지거든. 그러면 실전에서도 빠르게 잘 대처할 수 있게 되지."

"헤이즈 경께선 하루에 수련 시간이 얼마나 되시나요?"

"글쎄…… 밥 먹고 자는 시간을 제외한 모든 시간?"

"지, 진짜요? 지금도 그렇게 수련을 하세요?"

"내가 좀 연습 벌레라서 말이야."

"좀이 아니라 지독한 연습 벌레지."

갑작스레 끼어든 누군가의 음성에 라나사는 흠칫 놀란 반면, 헤이즈는 이미 알고 있었다는 듯 차분하게 상대를 맞았다.

"이제 오십니까."

"그래, 오랜만이지? 잘 지냈냐?"

"저야 뭐 늘 똑같지요. 이언 선배는 얼굴이 많이 좋아지셨습니다. 고향 땅이 편하신가 봅니다."

야밤의 불청객은 이언이었다. 오늘부로 그 역시 황태자의 개인 경호에 합류하라는 란데르트 공작의 명령이 있었다.

"손님이 오신 것 같은데 저는 그럼 이만 가 보겠습니다."

"그래, 라나사. 궁금한 게 또 생기면 언제든 다시 찾아오고. 한동안은 어디 안 가고 여기에 있을 것 같으니까."

"네, 헤이즈 경. 감사합니다!"

라나사가 헤이즈와 이언에게 인사한 후 빠르게 자리를 비켰다. 어쩐지 허둥대는 게 이언이 알던 모습과 달라서 조금 의아했다.

"저 아이가 네게 관심이 많은가 보지?"

"아무래도 제가 같은 여자이니까요."

"어릴 때 널 보는 것 같긴 하더군."

"이언 선배도 그리 보셨습니까?"

라나사의 뒷모습을 향한 헤이즈의 눈빛에 따뜻함이 묻어났다.

"재능 있는 아이야. 듣자 하니 노력도 엄청나게 하는 것 같고. 장차 크게 되겠어."

"스카우트라도 하실 생각인 것처럼 들립니다?"

"못할 것도 없지. 내가 이래 봬도 란데르트 공작 전하의 신임을 한 몸에 받고 있는 사람이잖아?"

"이젠 바율 도련님도 추가하셔야죠."

"그렇게 말하니까 갑자기 내가 아주 엄청난 위치에 올라선 것 같은데, 단순한 착각이 아니었으면 싶군."

"란데르트 공작 전하와 바율 도련님의 신임을 독점하고 계신 분이니 꼭 알아야 하실 사항이 있습니다."

돌연 헤이즈의 말투가 진중해졌다. 사실 이언에게 전할 말이 있었는데, 단둘이 있을 기회가 없어 지금껏 하지 못했다.

"무슨 일이기에 그렇게 목소리를 쫙 깔아?"

덩달아 이언도 내심 불안감에 휩싸였다.

"바라첼 상황에 대한 겁니다."

"그가 왜?"

"죽었습니다."

"…바라첼 황제가 죽었다고?"

사지가 절단당했어도 멀쩡하게 살아 돌아간 그였다. 그랬던 자가 갑자기 왜 죽었다는 말인가?

"합병증에라도 걸렸다던가?"

"…자결했다고 합니다."

"……!"

이언도 놀라지 않을 수 없었다. 아무리 패전국의 전대 황제라지만, 한때 용병왕이라 불리며 대륙의 패자로 군림하던 그였다. 그런 자가 자살을 했다니, 도무지 믿기지가 않았다.

"그런데 이 사실을 로이안 황제 측에서 철저하게 숨기는 중입니다. 장례식도 미룬 채 말입니다."

그들이 주목해야 할 건 그 부분이었다.

무엇 때문에?

무슨 연유로 장례식까지 미루며 바라첼 상황의 부고를 숨기는 것일까.

여기에 또 다른 어떤 음모가 숨어 있는 것은 아닐까.

"앞으로 머리 좀 아프겠군."

"바율 도련님께는 말씀드리지 말라 하셨습니다."

"그래야지."

알아서 좋을 게 없는 소식이었다. 축제를 앞둔 마당에 그같은 사실을 전해 들으면 기분만 싱숭생숭해지실 터다. 아카데미에 입학하고 첫 축제이니만큼 맘 편히 실컷 즐기셨으면 하는 게 이언의 바람이었다.

"두 분계선 여기서 뭐 하십니까? 몰래 비밀 얘기라도 하시는 겁니까?"

이언과 헤이즈가 바라첼 상황에 대한 이야기를 마치고 이런저런 대화를 나누며 웃고 있을 때였다. 편한 복장으로

갈아입은 린데만 황태자가 그들에게로 걸어왔다.

"밀린 이야기를 좀 나누고 있었습니다. 이언이라고 합니다, 황태자 전하."

"압니다. 바율의 수행 기사이시죠?"

"네."

먼발치에서 몇 번 본 적이 있긴 하지만, 말을 섞기는 처음이었다.

"말씀 중에 죄송하지만 제가 잠시 헤이즈 경을 빌려 가도 되겠습니까?"

"…네? 그게 무슨 말씀이신지?"

"제가 긴히 헤이즈 경에게 할 말이 있어서요."

헤이즈에게 할 말이 있다고?

헤이즈는 그저 차출된 호위 기사일 뿐이었다. 이언의 눈초리가 까끄름하게 올라가자 황태자가 특유의 부드러운 미소로 그를 안심시켰다.

"잡아먹으려는 것 아니니까 그런 표정 지으실 것 없습니다. 그저 제 물음에 답을 듣고 싶을 뿐이니."

이건 또 무슨 소린가?

이언이 설명해 보라는 듯 헤이즈를 바라봤지만, 어째선지 그녀가 그와 눈을 맞추지 못했다. 이언이 잘못 본 게 아니라면 상당히 당황한 기색이었다.

'헤이즈가 당황을 한다……?'

그녀를 알고 지낸 시절이 수년이었다. 그간 전혀 본 적 없는 모습이라 단언할 수 있었다.

"가실까요, 헤이즈 경?"

의문으로 가득한 이언을 남겨 둔 채 황태자와 헤이즈가 그에게서 천천히 멀어졌다.

2.

황태자가 헤이즈를 데려간 곳은 성의 꼭대기였다. 강한 바람에 그녀의 붉은 머리칼이 탑에 걸린 깃발처럼 세차게 펄럭였다.

"이곳은 블랙팔콘 기숙사라고 합니다."

"…오늘 황태자 전하께서 머무르실 숙소는 스톤라이언 이 아니었습니까?"

"맞습니다. 숙부님이 담당 교수라고 하시니 다른 곳으로 가기가 좀 그렇더군요. 마침 바율도 있고 말입니다."

"한데 여기엔 왜……?"

헤이즈의 의문에 아카데미의 밤 풍경을 내려다보고 있던 린데만 황태자가 웃으며 그녀를 돌아보았다.

"바람이 시원하지 않습니까?"

"네, 꼭대기라서 그런지 제법 세게 부네요."

"예전에 숙부님이 해 주신 말씀이 기억나서 이쪽으로 모셨습니다. 더워 보였거든요."

"아, 이런! 죄송합니다."

그제야 헤이즈는 자신이 제복은커녕 셔츠까지 풀어헤친 상태라는 걸 인식했다. 휴식 시간을 조금이라도 더 편하게 보내기 위해 그러한 것인데, 뒤늦은 후회가 밀려들었다. 그녀가 재빨리 단추를 잠그고 손에 들고 있던 제복을 입었다.

"그냥 있어도 괜찮다고 말하고 싶지만, 아마도 듣지 않으실 것 같군요."

"황태자 전하께 무례를 범하였습니다. 송구합니다."

"지금은 헤이즈 경의 업무 시간이 아닙니다."

"그렇긴 하오나……."

"그리고 나 역시 황태자로서 이곳에 있는 것이 아닙니다."

황태자의 눈빛이 진지해졌다. 황제의 결혼식이 있었던 그때 그날처럼.

"란데르트 공작님에게 생애 처음으로 밀서라는 걸 보냈지요. 이번에 차출되는 만월 기사단에 그대를 꼭 넣어 달라고 말입니다. 사실 공작님께서 제 청을 들어주실 거라는 생각은 하지 않았습니다. 그저 운에 기대어 보았을 뿐."

밀서에 답장 같은 것이 있을 리가 없었다. 만월 기사단을 기다리는 시간이 퍽이나 지난하게 흘러갔고, 마침내 기사단을 이끌고 황궁에 도착한 헤이즈를 발견했을 때 린데만 황태자가 느낀 기쁨은 실로 표현하기가 어려운 수준이었다.

아침에 눈을 뜨자마자 가장 먼저 생각이 나는 사람.

어느새 헤이즈는 린데만 황태자에게 그런 존재가 되어 있었다.

"선택은 제가 하였습니다."

"…그 말씀은 호위에 자원하셨다는 뜻입니까?"

"그렇게 해석할 수도 있겠지만 정확하게 말씀드리면, 란데르트 공작 전하께서 제게 결정하라 하셨기에 제가 정하였을 뿐입니다."

"혹 지난번 제 물음에 대한 답변을 이렇게 하시는 겁니까?"

잠시지만 린데만 황태자의 얼굴에 기대감이 스쳤다. 그토록 바라던 말을 들을 수 있을지도 모른다는 희망에 가슴이 두근거렸다.

"그건 아닙니다."

"…그렇군요."

황태자의 말투가 금세 풀이 죽었다. 그걸 아는지 모르는지 헤이즈가 해명을 덧붙였다.

"제가 오지 않으면 공작 전하께서 곤란하실 수도 있을 것 같아 그리하였습니다."

"…그 말씀은 헤이즈 경이 이곳에 오지 않았다면, 제가 란데르트 공작님을 괴롭히기라도 했을 거라는 말로 들립니다만."

"황태자 전하께서 그러실 분이 아니라는 건 압니다."

"그런데요?"

"그저 불편한 상황을 만들고 싶지 않았을 따름입니다."

조금의 주저함도 없이 당당하게 대꾸하는 모습조차 왜 이렇게 멋있는지 모르겠다.

당신이 보고 싶어서 온 것이 아니다.
난 그저 상황을 복잡하게 만들기 싫었을 뿐이다.
그러니 착각하지 마라.

헤이즈의 말을 간추리면 딱 이 세 마디였다.

그런데도 황태자는 화가 나지 않았다.

그녀가 예거 단장의 목에 검을 겨눈 순간부터였다. 여인을 보고 멋있다고 느낀 것은 그때가 처음이었다.

가녀린 체구로 상대의 검을 부수고 항복을 얻어 내던 그날의 모습. 좀처럼 잊을 수가 없는 명장면이었다. 이후로 그녀에 대한 생각을 멈추는 것이 어려웠다.

해서 평소의 그답지 않게 가진 힘을 동원하여 그녀를 여기까지 불러내었다. 실망을 했어도 할 수 없었다. 그걸 감당하는 것도 그의 몫이었다.

"나에 대한 실망은 달게 받겠습니다. 보고 싶은 마음을 그리 표현한 것이고, 내가 그대를 만날 수 있는 방법은 그것뿐이었으니까요."

"……."

이전과 똑같았다. 다짜고짜 반했다며 마음을 고백해서 헤이즈를 당황시켰던 황태자는 여전히 변한 것이 없었다.

"내가 그렇게 불편합니까?"

"…아닙니다."

"아까 이언 경과는 아주 편해 보이던데."

"이언 선배 말씀이십니까?"

"둘이 서로 얼굴을 마주 본 채 막 웃고 그러더군요."

"아, 그건 오랜만에 만나기도 했고 제게는 사수였던지라……."

"그는 나이가 몇 살이랍니까?"

"이언 선배의 나이를 물으시는 겁니까?"

뜬금없는 황태자의 물음에 헤이즈의 눈이 동그래졌다.

"그런 표정……."

"……?"

"되게 귀엽네요."

멋지다고만 여겼던 여인이었는데, 의외의 모습이었다. 아무래도 그녀에게 제대로 반한 게 틀림없었다.

"이언 선배는 올해 서른 살입니다."

귀엽다는 말을 면전에서 들으니 쑥스러웠다. 달아오른 두 뺨을 가리기 위해 헤이즈가 고개를 조금 숙이며 겨우 대답했다.

"서른이요? 엄청 젊어 보이던데?"

"그래서 저희 사이에선 동안으로 유명합니다."

"애인은 있답니까?"

"…그건 저도 잘 모르겠습니다."

"사수였다면서 그런 것도 모르나요?"

"그걸 제가 꼭 알아야 할 필요가 있는 건가요?"

영문을 알 수 없는 황태자의 질문이 계속 이어지자 헤이즈는 답을 하면서도 어이가 없었다. 황태자가 이언 선배에게 이토록 관심이 많은 줄은 몰랐다. 나중에 따로 물어봐서 애인의 존재 여부를 알려 드려야 하는 건가 싶기도 했다.

"하하, 굳이 그럴 필요는 없지요. 올바른 선후배 관계임이 물씬 느껴집니다."

이언 선배가 애인이 있는지 없는지에 대해서만 내내 캐

묻다가, 갑자기 올바른 선후배 관계로 느껴진다니. 이상한 정리가 아닐 수 없었다.

"제 물음에 대한 답은 다음에 듣는 것으로 하지요. 오늘은 제가 좀 성급했던 것 같습니다."

"아니요. 지금 답하겠습니다."

헤이즈가 린데만 황태자를 곧이 응시하기 위해 몸을 돌리자 그녀의 작은 얼굴 위로 머리카락이 나부꼈다. 예감이 좋지 않았다.

"…꼭 지금 하셔야 합니까?"

평생을 황궁에서 보필을 받으며 살아온 황태자다. 거절이라는 것에 익숙할 턱이 없다.

"황태자 전하를 오래 기다리시게 하는 것 또한 불충이라 생각합니다."

"그런 불충이라면 얼마든지 해도 괜찮은데……."

긴장을 했는지 갑자기 목이 말랐다. 바람을 맞는 와중에도 목 뒤에 땀이 송골송골 맺혔다.

"아마 대충 짐작은 하고 계실 거라 생각합니다."

"아직 축제는 시작도 안 했는데, 너무하는 것 아닙니까?"

"축제가 끝난 뒤에도 제 뜻엔 변함이 없을 겁니다."

어디서 단호박을 먹고 온 게 분명했다. 한 치의 흐트러짐도 없이 자신을 바라보며 소신을 내뱉는 헤이즈는 진심이었다.

문제라면 이런 순간에도 그런 그녀의 모습을 멋있다고 느끼는 린데만 황태자 본인이었다. 열여덟에 찾아온 첫사랑의 열병은 아무래도 꽤 긴 시간 지속될 운명인 듯했다.

"제가 제안을 하나 해도 되겠습니까?"

아무것도 못 한 채 물러나는 것은 그의 스타일이 아니었다. 황태자가 최후의 카드를 내밀었다.

"소용없다고 이미 말씀드렸을 텐데요."

"나에 대해 얼마나 압니까?"

"예?"

"내가 다음 대 황위를 이을 황태자라는 거. 그거 말고 아는 거 있으면 하나만 말해 보십시오."

"그거야 다른 건 저도 잘……."

"모르겠죠?"

그것이 어디 헤이즈뿐이겠는가. 그를 측근에서 모시는 이들이 아니고서야 황궁 밖은 물론 황궁에서 일하는 대다수의 사람들도 모를 것이다. 애초에 그는 아무나 만날 수 있는 신분이 아니었다.

"그럼 우리 이렇게 합시다."

린데만 황태자가 헤이즈를 향해 한 걸음 성큼 다가왔다.

그와의 가까워진 거리 때문이었을까.

두근두근.

한순간 헤이즈의 심장이 무섭게 두방망이질 쳤다. 황태자에게, 그것도 자신보다 무려 다섯 살이나 어린 상대에게 그러한 것을 느꼈다는 게 그녀로선 정말이지 말도 안 되는 상황이었다.

"축제가 끝날 때까지 내게 기회를 주세요."

"…기회요?"

"그대에게 날 알릴 수 있는 기회 말입니다. 내가 어떤 사람인지, 어떤 마음으로 그대에게 고백을 하였는지 열심히 어필해 보겠습니다."

"…그런다고 황태자 전하께서 황태자 전하가 아니게 되시는 건 아닙니다."

"역시 내 신분이 가장 큰 걸림돌이로군요."

진즉부터 알던 사실임에도 속이 상하는 건 어쩔 도리가 없었다.

"그 걸림돌을 넘어설지 아닐지는 나중에 판단해도 되는 것 아닙니까? 잠시만 편견은 내려놓고, 나란 인간에 대해서만 집중해 주십시오. 이후엔 깨끗하게 포기하도록 하겠습니다."

"…사내로서 하시는 약조이십니까?"

"물론입니다."

고심하는 헤이즈의 표정에서 이미 반은 넘어왔다는 것이

느껴졌다.

"그리고 저도 알고 싶습니다."

"알고 싶다니요? 무엇이 말입니까?"

"그대도 그대에 관해 내게 알려 주십시오. 나 역시 아는 것이 별로 없더군요. 그대가 만월 기사단이라는 것 말고는."

황실 파티에서 대련이 있기 전까지 황태자는 물론이고 아무도 그녀의 이름을 알지 못했다. 지금이야 일련의 사건으로 이름난 기사가 되었지만, 그것이 전부이기도 했다.

"제가 그것 말고 뭘 알려 드려야 할지……."

"그럼 제가 묻죠. 해밀턴은 어떤 곳입니까?"

"…해밀턴이요?"

"네, 그대가 나고 자란 곳. 그곳에 현재 비가 많이 온다는 것 말고 저는 아는 게 없습니다. 아, 란데르트 공작님의 영지라는 것도 아는군요. 시작은 거기부터가 좋겠습니다."

헤이즈가 태어나서 평생을 살아온 곳. 린데만 황태자가 알고 싶은 건 그런 것이었다.

그녀의 삶에 들어가려면 그녀를 이해해야 한다. 그러다 보면 그녀의 마음을 돌릴 방법을 찾을 수도 있을 것이다. 황태자의 노림수는 바로 그것이었다.

"해밀턴은 척박한 곳입니다. 마른 풀과 돌이 무성한 거

기를 지금의 대도시로 키워 낸 분이 란데르트 공작 전하이
시지요. 저는 그곳의 작은 산골 마을에서 태어났습니다."

약속은 약속이다. 헤이즈는 자신의 고향 해밀턴에 대해
털어놓았다.

그녀의 얘기가 끝날 때까지 린데만 황태자는 미동조차
없었다. 그녀의 모든 걸 눈과 귀에 담겠다는 듯이.

Chapter 3.
가을 축제의 시작

1.

축제 날이 밝았다. 드디어 아카데미 전교생이 고대하던 순간이 왔다. 이번 축제는 무려 황태자까지 참석해 장차 역대급으로 언급이 될 아카데미의 최대 행사였다. 날이 밝아오는 어슴푸레한 새벽부터 많은 학생들이 부산하게 움직였다.

"다들 잘할 수 있겠지?"

바율도 평소보다 일찍 깨어나 하루를 시작했다. 황태자의 의전 때문이기도 하지만, 오늘은 그에 앞서 정령들에게 꼭 당부할 말이 있었다.

─별거 아닌 것 같은데?

―나도 문제없어.

이노센트와 템페스타가 서로 경쟁이라도 하듯 대답했다. 요즘 아무것도 안 하고 신나게 놀기만 한 탓인지 두 녀석 모두 얼굴이 환하게 피었다.

"그렇게 무턱대고 답할 게 아니라, 신중하게 생각하고 행동해야 해. 이건 진짜 심각한 문제란 말이야."

―그래서 퀸 씻고 있는데 우리를 불러낸 거야?

―퀸이 들으면 안 되기 때문에?

"데스 형제가 마족이라는 건 아무도 모르거든. 우리들만이 아는 비밀이야."

―그건 알고 있었어. 뭐든 다 얘기하면서, 어쩐지 그건 말 안 하더라?

템페스타의 눈치가 제법이었다. 녀석이 걱정 말라며 손을 한 번 휘저었다.

―대화가 새어나가지 않도록 일시적으로 막아 놨어. 퀸은 귀가 밝아서 들을 수도 있으니까. 이제 안심해도 돼, 바율.

"고마워, 템페스타. 역시 템페스타가 최고야!"

바율의 칭찬에 녀석의 입꼬리가 귀에 닿을 듯 올라갔다.

―다급한 상황이 오면 물벼락 뿌려도 돼?

"아니, 이노센트! 그럼 안 되지! 그건 너무 티가 나잖아."

—그러다 리타가 그 사제랑 만나게 되면 그땐 어떡해? 그냥 내버려 둬?

　—내가 바람으로 확 날려 버리지, 뭐.

　"템페스타, 그것도 안 돼!"

　—이것도 안 된다, 저것도 안 된다. 그럼 우리보고 어떡하라고?

　이노센트의 불만에 템페스타가 동의한다는 듯 고개를 끄덕거렸다.

　'암튼 이럴 때만 통한다니까.'

　바율은 애써 웃음을 지으며 침착하게 다시 설명했다.

　"오늘 축제 때 리타가 방문할 거야. 스피넬은 그때 들어서 알지? 바그너 사제님이 리타에게 관심을 보이던 거."

　—마족과의 높은 친화력 때문이라고 알고 있습니다.

　"맞아, 데스 형제가 리타의 음식이라면 사족을 못 쓰는 바람에 그렇게 되었지. 하지만 리타는 아무것도 몰라. 당시엔 그냥 이상하다고 생각하며 넘긴 거 같지만, 바그너 사제님께서 자꾸 그러시면 의구심을 가질 수도 있어."

　—그래도 데스 자식이 마족일 거라고는 짐작 못 할 것 같은데.

　"리타보다 친구들이 걱정이라서 그래. 오다가다 만날 수도 있을 텐데, 바그너 사제님이 얘기하시는 걸 듣기라도 해 봐. 특히 라이가 들으면 가만히 안 있을 거야."

마족이라면 질색하는 녀석이었다. 바욜에 이어서 리타까지 친화력이 있다는 걸 알게 되면 필시 이상하게 여기며 이유를 알고자 할 것이다.

그러다 보면 어쩔 수 없이 설명하는 상황이 벌어지게 될 테고, 그 뒷감당은 상상하기도 싫었다.

"그러니까 사전에 완전히 차단을 해야 해. 리타가 바그너 사제님과 절대 만나지 못하도록 하는 게 너희들의 미션이야."

—미션?

"임무라고. 특별 임무."

—오, 특별 임무! 알았어! 나 열심히 해 볼게!

특별 임무라는 말이 퍽 마음에 든 모양이었다. 템페스타가 결의에 차서는 좁은 실내 안에서 공중제비를 돌았다.

—야, 정신없으니까 좀 가만히 있어!

—내 맘이다!

—이게 진짜 확!

이노센트가 템페스타에게 예고도 없이 물벼락을 뿌렸다. 하지만 가만히 당하고만 있을 녀석이 아니었다. 벌컥, 하고 창문이 열리더니 그 물이 고스란히 바깥으로 날아갔다.

"아, 차가워! 어떤 녀석이야!"

"템페스타!"

지나가던 누군가가 그 물을 맞고 욕하는 소리가 들려왔다. 놀란 바율이 눈을 부릅뜨자 템페스타가 얼른 창문을 다시 닫았다. 완전 범죄를 꿈꾸기라도 하듯이.

'하아, 정말 이 녀석들에게 리타를 맡겨도 되는 걸까?'

황태자의 갑작스러운 방문으로 만월 기사단인 이언도 그의 호위에 차출되었다. 데스 형제도 마계에 일이 생겨 떠났고, 리타만이 홀로 아카데미에 오게 되었다. 바율 역시 의전을 해야 하니 녀석에게 내줄 시간이 부족했다.

리타와 바그너 사제와의 만남도 걱정이지만, 사람들이 바글거리는 이곳에 녀석이 혼자라는 게 마음에 걸렸다. 해서 정령들에게 호위 겸 감시를 부탁한 것이다.

―최대한 놀라는 사람이 없게끔 자연스럽게 잘 처리하도록 하겠습니다.

스피넬이 그런 염려를 안다는 듯 차분한 눈길로 바율을 바라보며 안심시켰다.

'그래, 스피넬이 있었지.'

유일한 중급 정령인 스피넬은 믿음직한 구석이 있었다. 불의 정령인 그녀가 어떤 식으로 힘을 발휘할지는 모르겠으나, 무모하지는 않을 거라는 게 바율의 생각이었다.

'그리고 셰임, 밑에 있죠? 잘 부탁할게요.'

─알겠다…….

특유의 탁하고 갈라지는 목소리로 셰임이 약속했다. 축제 기간이 부디 아무 탈 없이 순탄하게 지나가기를 바율은 속으로나마 기도했다.

2.

"황태자 전하, 편히 주무셨습니까?"

스톤라이언의 구석진 방문 앞에서 진풍경이 펼쳐졌다. 좁은 복도에 황실 기사단과 만월 기사단이 나란히 도열해 있는 모습은 어디에서도 쉽게 볼 수 없는 장면이었다.

제국의 내로라하는 기사들이 언제 또 아카데미 기숙사에 나타나겠는가.

황태자가 자신들과 같은 기숙사에서 먹고 자고 한다는 것 자체로 충분히 놀랐다고 생각했건만, 기사들을 마주할 때마다 학생들은 여전히 실감이 나지 않았다.

같은 층을 사용하는 아이들의 불편함은 이루 말할 수가 없을 정도였지만, 다시 경험할 수 없는 일이기에 누구도 불평하지 않고 기꺼이 상황을 받아들이는 중이었다.

"이틀째라서 그런가? 어제보다 잠이 잘 오더군."

바율의 문안 인사에 린데만 황태자가 반가운 웃음으로 일행을 맞았다.

"어제 늦게 주무셨는데 다행이네요."

"얘기로만 들었던 까마귀 둥지에 직접 가 보니 감회가 새롭더군. 세바스티앙이라고 했던가?"

"맞습니다, 황태자 전하. 그 녀석이 그곳의 주인이지요."

황태자의 물음에 에이단이 공손히 예를 갖춰 답했다. 그 모습에 일라이의 두 눈에 불만이 서렸지만, 다행히 아무도 보지 못했다. 퀸과 로건은 첫날부터 그랬듯 있는 듯 없는 듯 조용히 자리만 지키고 있었다.

"언제 우리도 거기서 한판 해 보자고."

"그럴 기회가 주어진다면 기꺼이 그렇게 하겠습니다."

황태자가 말하는 건 바율이 자레드와 두었던 술 먹기 체스였다.

날아가는 새를 보고 문득 까마귀 둥지를 떠올린 황태자는 그곳에서 체스를 두지는 못했지만, 운 좋게 세바스티앙과 인사를 나눌 수 있었다.

모든 게 테이머인 에이단 덕분이었지만, 황태자는 그저 신기하게 여길 뿐 별 의심을 하는 것 같지는 않았다.

"그럼 아침 먹으러 나가 볼까?"

린데만 황태자의 오늘 첫 일정은 조찬 모임이었다. 이사장인 라예가르와 총장은 물론, 아카데미의 교수들과 함께하는 자리였다.

그는 제국의 황태자이니 그런 자리가 익숙하겠다만, 바율과 친구들은 아니었다. 학생인 그들에게 총장과 교수들과의 식사는 불편함을 야기할 뿐이었다.

더욱이 이사장인 라예가르가 도중에 무슨 망언을 내뱉을지 그것도 걱정이었다.

"체스 대회는 내일부터 예선전을 치른다고 했고, 승마는 오늘부터 시작이지? 에이단과 로건이 참석한다고 했던 것 같은데."

기숙사 건물을 나와 식당으로 향하며 린데만 황태자가 물었다.

"네, 둘 다 장애물 경기에 나갑니다."

"로건은 검술 대회에는 나가지 않는 거야? 세이모어 백작가라면 이름난 무가 집안인데, 좀 특이하네."

로건의 집안은 대대로 용맹한 기사를 배출한 가문이었다. 게다가 장자인 로건의 성취가 적지 않다는 것을 이미들어서 알고 있기도 했다.

"검술이라면 하루도 빼놓지 않고 수련에 정진하고 있습니다."

"그러니 굳이 검술 대회에 나가서 실력을 검증받을 필요는 없다?"

그런 뜻으로 한 말은 아니었지만, 로건은 감히 황태자에게 토를 달 수가 없었다. 검술 대회까지 참가하면 시간을 많이 뺏기게 될 테고, 그렇게 되면 의전에 무리가 갈 것이 뻔하기에 그리하였을 뿐이었다.

"그러고 보니 일라이는 마법 대회에 참가하지 않는 이유가 뭐야?"

마법학부 우등생이라면 당연히 나가야 하는 것 아닌가 하는 의문이 깔린 질문이었다.

"시간이 없어서요."

"시간이 없어?"

"네, 의전만 하기에도 빠듯해서 말입니다."

'라, 라이!'

잠시 방심한 틈이었다. 이놈의 의전 때문에 잠도 충분하게 자지 못했다며 아침부터 투덜거릴 때 알아봤어야 했다.

아카데미 최고 모범생이라 불리는 일라이가 어째서 이같이 불량(?) 학생으로 전락하고 말았는지 바율은 이마에서 식은땀이 다 났다.

"이런, 내가 시간을 많이 뺏은 게로군. 아카데미에 입학하고 처음으로 맞는 축제일 텐데, 나 때문에 제대로 즐기기가 힘들겠어."

'그걸 이제 아셨습니까?' 라고 말하고 싶은 걸 일라이는 겨우 꾹 참았다.

"그래도 기왕 이렇게 된 거 어쩌겠나. 내게는 처음이자 마지막 축제이니 이해해 주었으면 좋겠군."

황태자는 사과하는 사람이 아니었다. 하지만 이것이 에둘러 표현하는 그의 사과 방식이었다. 그에 마음이 조금 동하였는지 일라이의 기색이 다소 누그러졌다.

"그새 도착했군."

몇 마디 말을 나누다 보니 어느새 식당에 다다랐다. 안으로 들어서자 이사장인 라예가르와 총장, 그리고 모든 교수진이 자리에서 일어나 황태자에게 예를 올렸다.

다들 긴장한 기색이 역력했다. 아카데미에 몸담고 있는 그들이 황태자를 볼 기회가 언제 있겠는가.

그들에게 오늘의 식사는 가문의 영광이었고, 오래도록 자랑할 만한 얘깃거리였다.

"황태자 전하, 제가 모시겠습니다."

라인하르트 총장이 직접 나와 황태자를 자리로 안내했다. 넓고 긴 탁자의 끝, 어디서 가져왔는지 모를(혹은 제작했을지 모르는) 황금으로 칠해진 커다란 의자가 상석에 놓여 있었다. 오늘을 위해 일부러 마련한 것이 분명했다.

"모두 나와 계셨네요. 아침부터 이리 환대를 해 주셔서 감사합니다."

린데만 황태자가 두루 눈인사를 하며 먼저 앉았다. 바율과 친구들의 자리는 황태자의 주변이긴 했지만, 한두 자리씩 띄엄띄엄 떨어져 있었다.

"아들, 왔어?"

라예가르가 자신의 맞은편 부근에 앉은 일라이를 향해 손을 흔들며 인사했다. 눈웃음까지 치며 반색하는 그와 달리 일라이의 얼굴은 썩은 무라도 씹은 것처럼 일그러졌다.

"아들?"

황태자는 라예가르와 일라이의 관계에 대해서 들은 바가 전혀 없었다. 놀라는 것이 당연했다.

'아, 불길해.'

이사장이란 높은 직책을 맡고 있지만, 라예가르는 어디로 튈지 모르는 요주의 인물이었다. 과연 조찬 모임이 무사히 끝날 수 있을지, 바율의 불안감이 점점 커졌다.

"아, 이 잘생긴 녀석이 제 아들입니다."

일라이가 눈빛으로 멈추라는 신호를 계속 보냈지만, 라예가르는 애초에 그런 걸 들을 위인이 아니었다. 그가 보란 듯이 일라이를 콕 찍어서 자랑했다.

"꼭 제 아들이라서 하는 말은 아닌데, 마법학부 수석을 차지한 우등생이랍니다."

"그건 알고 있었습니다만, 이사장님의 아들인 줄은 몰랐네요. 그러고 보니 굉장히 많이 닮았습니다."

"그런가요?"

라예가르가 흐뭇한 표정인 반면 일라이는 대단히 억울한 눈치였다.

닮기는 뭐가 닮았단 말인가? 친부도 아니거니와 그런 말은 그에게 있어 거의 수치에 가까웠다.

일라이의 얼굴이 붉으락푸르락 변해 가는 것이 실시간으로 보였다. 가장 증오하는 상대를 닮았다고 하니, 그 심정이 어떨지 충분히 이해 가능했다. 하지만 지금은 참아야 했다.

'안 돼. 라이, 여기선 안 돼!'

바율은 최대한 남들 모르게, 그러나 눈빛만은 애절하게 일라이를 보며 사정했다.

'내가 진짜 너 때문에 참는다!'

탁자 아래에서 두 주먹을 불끈 쥐며 일라이가 방금 전의 일을 잊기 위해 부단히도 애를 썼다.

'고마워.'

바율이 가슴을 쓸어내리며 입 모양으로 벙긋거렸다. 나중에 어떤 식으로든 녀석이 좋아하는 것으로 보답이라도 해 줘야겠다.

"이사장님의 소식은 황궁에서부터 잘 들었습니다. 과감하신 결정에 박수도 보냈지요. 그래서 어떤 분이신지 뵙고 싶었습니다."

"제가 좀 파격적이긴 하죠?"

자레드를 퇴학시킨 것도, 교수들을 대거 자른 것도 전부 하루 사이에 결정한 일이었다. 옳은 처사이긴 했으나, 그 옳음을 실천하는 것이 어려운 세상이었다.

당금의 제국에서 헥터 공작을 무시할 수 있는 이가 몇이나 되겠는가. 황태자는 그의 소신에 진심으로 감동했다.

"아카데미에 머무는 동안 많이 배워 가겠습니다."

"하하, 얼마든지 그러십시오. 딱히 가르쳐 드릴 건 없지만 말입니다."

라예가르의 넉살 덕분에 조찬의 분위기가 화기애애해졌다. 그럴수록 일라이의 짜증 지수는 올라갔지만, 다행스럽게도 녀석의 심기가 불편하다는 걸 알아차린 건 바율이 유일했다.

"근데 오늘 아침 식사 메뉴는 무엇입니까?"

야외에서의 활동량이 많은 황태자는 식사량도 많은 편이었다. 육식파인 그는 대개 첫 끼로 고기를 먹고는 했다.

"황태자 전하의 식성은 진즉에 전해 들었습니다. 곧 소고기 스튜가 나올 겁니다."

"오, 소고기 스튜 좋지요. 밤사이 잠들었던 근육도 깨우면서, 자느라 축난 체력을 비축하는 데엔 그만한 음식이 없습니다."

황태자의 칭찬에 라인하르트 총장의 어깨가 한 뼘이나 올라갔다. 첫 시작부터 느낌이 좋았다.

"갑자기 고기 하니까 생각이 나는군요."

라예가르의 시선이 돌연 바율에게로 향했다.

무슨 말을 하시려고……?

본인에게 화살이 쏘아졌다는 것보다 바율은 그게 더 걱정이었다. 잠시나마 라예가르의 입을 틀어막고 싶은 충동에 휩싸였다.

"바율, 오늘 데스 형제들도 오니?"

"…네?"

바율은 순간 자신의 귀를 의심했다. 뜬금없이 데스에 대해서 왜 묻는지 이해할 수가 없었다. 단둘이 있는 것도 아니었고 무려 황태자가 와 계신, 아카데미의 교수진 전체가 모인 자리였다.

어떻게 이런 상황에서 데스 형제의 안부를 묻는단 말인가? 심지어 친한 사이도 아니면서!

이사장님, 지금 제정신이세요?

라예가르가 물어보면 집에 일이 생겼다고 전하라던 데스

의 말이 별안간 떠오르는 건 왜일까. 그는 설마 이렇게 될 거란 걸 예측이라도 한 걸까?

"그 친구들이 고기라면 환장하잖아. 셋 다 축제에 초대했나 싶어서."

"…아니요. 집에 일이 생기는 바람에 아마도 못 올 것 같습니다."

"일이 생겼다고? 무슨 일?"

"그건 저도 잘…….."

황태자를 중심으로 이야기를 나누어도 모자랄 판에 난데없이 관심이 바율에게로 쏠렸다. 물론 제국의 전설인 란데르트 공작의 아들이니 자격은 충분했다. 하나 지금은 그보다 대관절 데스 형제가 누구인지, 그것이 최대 관심사였다.

"데스라는 분이 누구시길래 라예가르 이사장님께서 그리 관심을 갖는 것입니까? 저에게도 좀 알려 주시죠."

"황태자 전하! 그들은 아실 필요가 전혀 없는 사람들입니다. 마침 스튜가 나오네요. 시장하실 텐데 어서 드십시오!"

바율이 급히 화제를 돌리려는데, 라예가르가 금세 상황을 원상 복귀시켰다.

"바율의 집에서 일하는 하인들입니다."

"…하인이요?"

린데만 황태자에게서 쉿소리가 묻어 나왔다. 뿐인가. 총장을 포함한 교수들 대다수가 황당하다는 눈으로 라예가르와 바율을 번갈아 쳐다봤다.

'하아.'

바율은 그들의 심정을 십분 이해했다. 황태자까지 참석한 조찬 모임에서 남의 집 하인에 대해 떠들고 있으니 얼마나 기가 차겠는가. 쥐구멍이 있다면 숨어 버리고 싶다.

이사장이 엉뚱하다는 건 익히 알고 있었지만, 이런 걸로 자신을 곤란하게 할 줄은 또 몰랐다.

'뭔데, 이 상황?'

내내 불쾌한 기색을 내비치던 일라이가 설명해 보라는 듯 바율에게 강한 눈빛을 보냈다.

'어째서 저 작자가 데스 형제에 대해 떠드는 거야? 그들과 아는 사이였어? 너는 왜 말 안 했는데? 앙?'

'나중에 다 설명할게.'

역시 망한 것 같았다. 일라이에겐 웬만하면 데스에 관한 말을 아끼려 했는데, 이젠 피할 길이 없었다. 마족이란 사실만 빼고 어떻게든 잘 포장해서 설명해야 할 것이다. 부디 잘 넘어가기만을 바랄 뿐이다.

"엄청 특별한 하인인가 봅니다. 이사장님께서 기억하고 거론하실 정도면."

줄곧 조용하던 로티어스 교수가 싱긋 웃으며 끼어든 것은 그때였다. 바율을 돕고자 나선 듯한데, 이건 바율이 원하는 바가 아니었다.

'저는 더 이상 이곳에서 데스 얘기를 하고 싶지 않습니다!'

바율은 속으로 부르짖었다.

"그게, 힘이 엄청나게 세더군. 집채만 한 짐을 혼자서도 척척 드는 것을 보고 완전 깜짝 놀랐지. 내가 봤던 자들 중에서 힘으로는 단연 최강이야."

"정말요? 그렇게 힘이 좋다고요?"

이번엔 세라리카 교수였다. 오자마자 여신이 붙은 칭호란 칭호는 전부 쓸어 간 그녀가 데스의 이야기에 흥미를 보였다.

데스가 마계에 일이 생겨서 축제에 오지 못한 것이 처음으로 다행이란 생각이 들었다. 괜히 왔다가 관심을 보이는 이들과 마주치기라도 했다면, 그 성격에 절대 얌전히 지나가지는 않았을 것이다. 무슨 사달이 나도 아주 크게 났으리라.

"세라리카 교수님께선 힘이 좋은 남자에게 관심이 많으신 모양입니다."

약초학을 가르치는 와이트 처치 교수였다. 잘생긴 얼굴과 유머러스한 매력으로 여학생들에게 인기가 많은 젊은 교수님께서 새로운 이성에 눈을 뜨신 게 분명했다. 세라리카 교수를 바라보는 그의 시선이 꽤 야릇했다.

"제 이상형에 대해 궁금하신가 봐요."

새침하게 답하며 미소 짓는 세라리카 교수는 바율이 보기에도 무척이나 아름다웠다.

그러나 일라이와 함께 지내며 적응한 세월 덕택인지, 그저 아름답다고 여길 뿐, 별 감흥을 느끼지는 못했다.

"저는 황태자 전하의 이상형이 어떤 분이실지 알고 싶네요. 실례가 안 된다면 여쭤봐도 될까요?"

세라리카 교수의 얼굴에선 자신감이 느껴졌다. 이제껏 살면서 그녀를 보고 반하지 않은 남자가 없었다. 그녀의 턱이 도도하게 치켜 올라갔다.

"굳이 실례라고 할 것까지는 없다만, 갑작스러운 질문이긴 하군요."

린데만 황태자의 시선이 조금 떨어진 곳에서 호위를 하고 있는 헤이즈에게로 잠깐 향했다. 그가 말한다면 충분히 들을 수 있는 거리였다.

"저는 본인 일에 열정적인 사람을 좋아합니다."

"…열정이요?"

외모나 성격과 관련된 얘기가 나올 줄 알았는데, 이건 완전히 잘못 짚었다.

"네, 그 열정으로 자신에게 집중하는 사람에게선 특유의 빛이 흘러나옵니다. 물론 그건 제 눈에만 보이지요. 상상만으로도 멋지지 않습니까? 그 여인이 제게는 가장 빛나는 사람입니다."

"아하하! 가장 빛나는 사람이라니, 표현이 멋지십니다!"

라인하르트 총장이 손뼉까지 치며 칭송했다.

"이제 성인도 되셨으니, 빛나는 그분을 얼른 만나시는 일만 남았네요. 어느 분이 황태자 전하의 신부가 되실지 기대가 아주 큽니다."

"저 지금 여기서도 잔소리를 듣는 겁니까?"

"예? 황태자 전하, 그게 무슨 말씀이온지⋯⋯!"

"농입니다. 요즘 아바마마께서 하도 장가를 가라 성화이신지라."

"아, 저는 제가 실언이라도 했나 싶었습니다. 황태자 전하의 심기를 불편하게 해 드렸다면 사죄드립니다."

"총장님의 사과는 이 고기로 대신하죠."

오늘의 메인 메뉴는 다양한 조리법으로 구성된 모둠 고기였다. 그린 샐러드까지 완벽하게 차려진 것을 보고 린데만 황태자의 얼굴에 생기가 돌았다.

라인하르트 총장의 입이 찢어질 듯 벌어졌다. 제대로 식사를 준비해 점수를 따 볼 심산이었는데, 계획대로 되었으니 기쁨이 이루 말할 수가 없다. 오늘 밤은 두 다리를 쭉 뻗고 잘 수 있을 것 같았다.

"식기 전에 어서 드셔 보십시오. 최상급의 재료들로 요리한 음식입니다."

"그럼 맛있게 잘 먹겠습니다."

린데만 황태자가 감사함을 표하며 본격적으로 식사에 들어갔다. 황태자를 보느라 음식이 입으로 들어가는지 코로 들어가는지 모를 정도로 어수선하던 교수들도 그제야 조금씩 정신을 차리고 식사에 집중했다.

그러나 바율은 입맛이 싹 사라졌다. 깨작거리는 그를 보고 에이단이 팍팍 좀 먹으라며 눈치를 줬지만, 아침부터 기운이 쏙 빠진 탓인지 도무지 들어가지를 않았다. 황태자라도 잘 먹으니 그저 다행이었다.

'나가서 바람이라도 쐬고 싶다.'

바율이 그런 생각을 하며 고개를 드는데, 문득 어디선가 시선이 느껴졌다.

'누구지?'

다들 본인의 음식 아니면 황태자를 보고 있었기에 상대를 찾는 건 별로 어렵지 않았다. 하지만 그 대상이 조금은 뜻밖이었다.

'세라리카 교수님?'

슈빅에게 햇살 여신이라 불리는 그녀가 바율을 뚫어지게 쳐다보고 있었던 것이다.

'왜 저런 눈으로 나를……?'

그녀의 눈빛은 꽤 복합적이었다. 분명 그녀로서는 지금 자신을 처음 보는 것일 텐데, 마치 누가 보면 이전부터 아는 사이라고 오해할 만큼 많은 것들이 담겨 있었다.

뭐라 딱 정의할 수는 없지만, 이거 하나는 확실했다.

그 많은 감정 어디에도 호의는 없었다.

3.

아카데미의 중앙 광장에서 축제의 시작을 알리는 개회가 선언되었다. 이번 개회사는 특별히 아카데미에 방문한 황태자가 직접 하였다. 초대장을 받고 일찍부터 아카데미를 찾은 방문객들은 황태자의 등장에 깜짝 놀랐다가 이내 열광했다.

황도에서도 쉽게 볼 수 없는 황태자를 난데없이 아카데미 축제에서 보게 되었으니 그들에게는 행운이나 다름없었다.

흡족하게 아침 식사를 마친 덕인지 황태자는 걸음걸이며 표정 등 모든 면에서 흠잡을 데 없이 완벽했다. 그의 목소리가 광장을 일통하고, 드디어 본격적인 축제의 서막이 올랐다.

"에이단과 로건이 없으니까 왠지 허전하네."

개회 선언을 마친 황태자는 실내에서 잠시 티타임을 가졌다. 그의 앞에는 다과 말고도 축제 일정표가 놓여 있었다. 황태자의 선택에 따라 오늘의 스케줄이 정해질 터였다.

"승마 경기장에 가시면 보실 수 있을 겁니다."

"그래야지. 응원하기로 약속했으니까. 출전 시간이 언제지?"

"다과를 마친 후에 천천히 이동하시면 얼추 맞을 것 같습니다."

지금은 굳은 몸을 풀거나 말을 살피는 등 경기 준비로 한창 바쁠 때였다. 황태자의 관람석은 이미 지정해 두었으니 서두를 필요가 없었다.

"헤이즈 경, 우리 내기 하나 할까요?"

보라는 일정표는 보지 않고 황태자가 불쑥 헤이즈에게 말을 걸었다.

"…내기요?"

헤이즈는 린데만 황태자의 특별 명으로 만월 기사단 중 유일하게 근접 호위를 맡은 상태였다. 그녀가 어리둥절한 얼굴로 되묻자 그가 제안했다.

"장애물 경기에서 누가 우승할지 말입니다. 듣자 하니 학생들끼리 그런 걸 두고 돈을 걸고 내기를 한다더군요."

"황태자 전하께서도 돈을 거시겠다는 말씀이십니까?"

"하하, 그건 아닙니다. 우승자를 맞히는 사람의 소원 들어주기. 우린 그걸로 하죠."

소원 들어주기?

바율은 흠칫 놀랐지만, 애써 티 내지 않으려 노력했다. 지난번 황궁에서 황태자를 대면했을 때, 그가 헤이즈 경에게 관심이 있다는 걸 이미 어느 정도는 눈치채고 있었다. 이렇듯 저돌적으로 마음을 드러낼 줄은 몰랐지만 말이다.

'야! 지금 황태자가 헤이즈 경에게 작업 거는 거냐?'

일라이가 어처구니없다는 듯 바율을 바라봤다. 퀸은 그러거나 말거나 조용히 차만 음미하고 있었다.

'우리는 그냥 가만히 있자.'

바율은 고개를 저으며 눈짓했다. 이럴 땐 끼어들면 안 된다. 모르는 척 자리를 지키는 것이 최선의 방법이었다.

"황태자 전하, 죄송하지만 그건 좀……."

"이상한 소원 같은 건 말하지 않을 테니 걱정 마십시오."

"그런 걱정은 하지 않았습니다. 다만 방금 전의 말씀은 황태자 전하께서 내기에서 이기실 거란 뜻으로 들립니다만."

황태자의 내기 제안에 당황하던 헤이즈의 말투가 어쩐지 조금 변했다. 그녀는 기사였다. 그것도 고된 노력으로 만월 기사단에까지 입단한. 어떤 것에도 지기 싫어하는 승부사의 기질이 그녀에게도 있었다.

　"이런, 내가 그대의 호승심을 건드린 모양입니다."

　"어떤 소원이든 받아들이시겠습니까?"

　"물론이죠."

　헤이즈의 질문에 담긴 저의가 무엇인지 짐작 가능했지만, 황태자는 개의치 않고 말을 이었다.

　"그럼 승낙한 걸로 알겠습니다. 나는 에이단에게 걸도록 하지요."

　'호오, 제법이네.'

　일라이였어도 무조건 에이단에게 걸었을 것이다. 테이머로서 각성하기 시작한 녀석의 요즘 컨디션은 최상이었다. 학기 초부터 쭉 강력한 라이벌인 로건과 라나사가 건재하긴 하나, 검술이 아닌 승마에선 어쨌든 에이단이 좀 더 유리했다.

　"저는 라나사로 하겠습니다."

　"라나사?"

　낯선 이름에 황태자가 고개를 갸웃하자 헤이즈가 설명했다.

"어린 시절의 저를 닮은 아이입니다. 제 예상이 맞는다면 라나사가 분명 우승할 겁니다."

"헤이즈 경을 닮았다고 하니 갑자기 궁금해지는군요. 그대의 어린 시절 역시 말입니다."

헤이즈를 향한 린데만 황태자의 눈동자가 그윽한 빛을 띠었다.

"라나사는 황태자 전하의 생신을 축하하기 위해 갔었던 1학년 사절단 중 한 명입니다. 적색 금발의 소녀인데, 기억이 안 나십니까?"

'라이!'

그렇게 가만히 있으라고 눈치를 줬건만 일라이가 기어이 끼어들었다. 그것도 절대 그래서는 안 되는 타이밍에 말이다.

"라나사가 이 자리에 있었다면 서운해했을 것 같아서요."

황태자의 시선을 꿋꿋하게 받아 내며 일라이가 첨언했다.

"…사절단이라면 기억하고 있어. 이름을 몰랐을 뿐이야."

"별명은 얼음 여신. 에이단과 같은 기사학부 수석이자 여학생들의 자랑이며, 교수님들 사이에서도 신망이 두터운 녀석이지요. 헤이즈 경께서 사람 보는 눈이 있으신 듯합니다."

일라이가 버릇처럼 눈을 찡긋거리며 헤이즈를 향해 환한 미소를 지었다. 그림 같은 그 미소에 남자인 황태자조차도 일순간 시선을 빼앗겼다.

"그만 출발하는 게 좋을 것 같군."

왜인지 모르게 황태자는 기분이 나빠졌다. 그가 남은 차를 후루룩 넘기고는 서둘러 일어났다.

지금 가면 조금 이른 감이 없지 않아 있었지만, 바율은 말리지 않았다. 이런 분위기라면 차라리 빨리 움직이는 편이 현명하다는 판단에서였다.

4.

바율이 황태자를 모시고 경기장에 도착했을 땐 역시나 예상대로 준비가 끝나지 않은 상태였다. 그럼에도 관객석에는 이미 빈자리가 보이지 않을 정도로 사람들이 바글바글했다.

황태자의 좌석은 뜨거운 햇살을 막아 줄 그늘막이 쳐진 가장 좋은 자리였다. 그들이 나타나자 모든 시선이 일시에 집중되었다. 만에 하나 벌어질 수 있는 돌발 상황에 대비한 호위 기사들의 눈빛이 날카롭게 번뜩였다. 미세하지만 그들의 움직임에도 이전과는 다른 민첩함이 느껴졌다.

"바율, 저기."

퀸이 앉기 전 작은 목소리로 바율을 부르며 전방을 가리켰다. 승마 경기장은 전체적으로 둥근 원형의 모양이었고, 황태자 일행의 자리는 출발선 근처였다.

'앗, 리타!'

퀸이 아니었다면 모를 뻔했다. 건너편에서 바율을 발견하고 열심히 손을 흔들고 있는 리타가 그제야 눈에 들어왔다.

꽃무늬 원피스를 곱게 차려입은 모습이 다소 어색했지만, 익숙한 얼굴을 보자 반갑기 그지없었다. 녀석에게 같이 손을 흔들어 줄 수 없다는 게 아쉬웠다.

리타의 주변에는 약속대로 정령들이 함께 있었다. 스피넬이 공중에 부양한 채 바율에게 허리를 숙여 인사했고, 이노센트와 템페스타가 각기 팔짱을 낀 자세로 주위를 살피고 있었다. 셰임은 땅속 어딘가에 있을 것이다.

'이따가 짬을 내서 가 볼게.'

리타가 들을 수 없는 말을 속으로 내뱉으며 바율은 황태자의 옆에 착석했다.

"오다 보니까 기숙사별로 식당을 열었던데, 오늘 점심은 거기서 먹는 걸로 하지."

"전문 요리사가 한 음식이 아닌데 괜찮으시겠습니까?"

"괜찮고말고. 체험할 수 있는 건 뭐든 다 해 볼 생각이야."

꿈꾸기만 했던 아카데미의 낭만을 모두 경험해 보고 돌아가는 것이 이번 방문의 취지였다. 기숙사 생활도 하고 있는데 뭔들 못하겠는가. 설사 음식이 맛이 없더라도 기꺼이 먹어 줄 참이었다.

"이제 슬슬 경기를 시작하려나 보군."

잡담을 나누다 보니 어느덧 시간이 다 되었다. 경기 진행자와 심사 위원들이 하나둘 모습을 보이기 시작했다. 그중엔 재닛 교수님도 있었다.

경기는 빨리 달리기, 경마 부분부터 이뤄졌다. 재닛 교수의 제의로 하마터면 바율이 나갈 뻔한 경기였다. 진행자의 신호가 떨어지자 말들이 무서운 속도로 질주했다. 관객들이 소리를 지르며 제각각 응원을 해 댔다.

첫 주자가 결승점을 통과하는 순간에는 여기저기서 고함과 함께 안타까운 탄식이 흘러나왔다. 순위에서 밀려난 아이들은 울상이 되기도 했다. 예선전에서부터 탈락의 고배를 맛봤으니 얼마나 속이 상할까. 체스 대회를 앞두고 있는 바율인지라 어쩐지 그 심정이 조금은 이해가 되었다.

경마 다음은 일행이 기다리고 기다렸던 장애물 경기였다. 예선 1조의 첫 주자는 신기하게도 에이단이었다. 녀석이 레드메인에 올라탄 채 당당히 입장했다.

"에이단, 파이팅!"

어디에선가 녀석을 응원하는 소리가 들렸다. 주변을 둘러보자 멀지 않은 곳에서 악을 쓰듯 외치는 슈빅이 보였다. 에이단에게 돈을 건 게 분명했다.

겉으로는 품위를 지키고 있지만 린데만 황태자도 슈빅과 같은 마음이었다. 그가 에이단이 꼭 우승하길 바라며 녀석을 주시했다.

"출발!"

신호가 떨어졌다. 허리를 세우고 있던 에이단의 자세가 낮게 변하며 튕기듯 쏜살같이 앞으로 튀어 나갔다.

"우아아아!"

에이단은 마치 한 마리의 새 같았다. 레드메인과 한 몸이라도 된 것처럼 아주 펄펄 날았다. 어떤 높고 큰 장애물 앞에서도 망설임이 없었다. 승마에 대해 잘 모르는 사람이 봐도 보통이 아님을 확연하게 느낄 수 있을 만큼 녀석의 실력은 대단했다.

"와아아!"

계속해서 탄성이 새어 나왔다. 에이단이 이렇게까지 잘할 줄은 몰랐는지 황태자의 표정도 꽤 놀란 것 같았다. 에이단은 모든 면에서 군더더기 없이 완벽했다.

"에이단 저 녀석이 한 승마 하지요. 하지만 라나사도 만만치 않을 겁니다."

일라이가 놀리듯 한마디 내뱉을 때, 드디어 에이단의 경기가 끝났다. 녀석이 마지막 장애물을 통과하자 우레와 같은 박수 소리가 쏟아졌다. 단 한 번의 경기만으로 관중들은 매료되었다. 다음 주자가 누구일지 몰라도 대진 운이 좋지 않았다.

"헤이즈 경, 혹시 저 아이가 라나사입니까?"

공교롭게도 에이단의 다음 순서가 라나사였다. 달아오른 열기에 기죽을 법도 하건만, 그녀가 포커페이스를 유지하며 출발선 앞에 섰다.

'앗!'

그리고 그때 바율은 건너편 관중석에서 바그너 사제를 보고야 말았다. 사제복 차림의 그가 누군가를 찾는 듯 연신 사방을 두리번거리고 있었다. 그와 리타의 거리는 불과 몇 미터도 떨어져 있지 않았다.

'으악, 안 돼!'

라나사의 경기가 시작되었다. 하지만 바율은 경기에 도무지 집중할 수가 없었다. 온 신경이 바그너 사제와 리타가 있는 건너편으로 향했다.

에이단이 한 마리의 새 같았다면, 라나사는 우아한 고양이었다. 적금발의 긴 머리칼을 휘날리며 멋지게 점프하는 그녀의 모습은 상당히 인상적이었다.

안정적인 것은 물론, 무언가 시선을 끌어당기며 압도하는 힘이 있었다. 에이단에 비해 전혀 뒤지지 않는 실력이었다.

'이노센트! 템페스타!'

바율은 속이 탔다. 리타와 바그너 사제의 거리가 점점 가까워지고 있었기 때문이다. 하지만 당장 그가 할 수 있는 것이 없기에 애타게 정령들의 이름만 부르짖었다.

쑤아아앙!

갑작스러운 바람이 불어닥친 것은 그때였다. 건너편 관중석에 별안간 강풍이 휘몰아치며 사람들의 옷과 머리카락이 나부꼈다.

"어맛, 내 스카프!"

그 와중에 한 여인의 스카프가 바람에 휘날려 경기장으로 날아 들어갔다. 스카프의 주인이 황급히 팔을 뻗어 보았지만 소용없었다. 붉은색 스카프가 방황하듯 공중을 부유하다가 하필이면 라나사의 앞길을 방해했다.

"어어어어!"

그로 인해 라나사는 당연히 당황했고, 그런 그녀의 감정은 말에게도 영향을 미쳤다.

뿐이랴. 예상치 못한 돌발 상황에 관객석도 시끌시끌 요란해졌다.

─우헤헤! 내 실력이 어떠냐!

템페스타가 허공에 뜬 채 만족스러운 눈길로 지상을 내려다보았다. 경기장이 다소 소란스러워지긴 했지만, 소기의 목적은 달성했다. 바그너 사제의 발걸음이 멈춘 것이다.

'휴, 다행이야.'

혼란 속에서 바율이 안심하는 순간이었다.

'어? 저자는……?'

바그너 사제님의 지척에 한 남자가 있었다.

스피넬의 말에 의하면 마족과 계약을 했다는 남자. 일전에 절망의 신전에서 마주쳤던 사내였다. 그리고 바율이 착각하는 게 아니라면 그는 스카프가 휘날리고 있는 경기장이 아니라 이쪽을 바라보고 있었다.

5.

펑! 퍼버벙!

축제 첫날의 마무리는 불꽃놀이로 장식했다. 오늘의 하이라이트인 이 불꽃놀이를 보기 위해 많은 이들이 늦은 시간까지 아카데미를 떠나지 못했다.

퍼벙! 펑펑펑!

황태자가 친히 참석해서일까. 올해 불꽃놀이는 유난히 화려하고 성대했다. 작년에 비해 질적으로나 양적으로나 비교가 안 될 정도였다.

"이사장님이 돈 좀 쓰신 모양인데?"

"원체 반짝이는 걸 좋아해서 그렇단다."

의전을 마친 바율과 친구들도 광장의 한 귀퉁이에서 밤하늘을 올려다보고 있었다. 까만색 바탕에 여러 색의 불꽃이 터지는 장면은 가히 장관이었다.

"불꽃놀이를 싫어하는 사람은 없겠지?"

"아마도 그렇지 않을까?"

"그건 왜 묻는데?"

의아해하는 친구들에게 바율이 검지로 하늘을 가리키며 말했다.

"스피넬이 애를 좀 쓰고 있거든."

"헐! 진짜?"

"이 불꽃놀이가 스피넬의 작품이라고? 그 작자가 돈을 쓴 게 아니라?"

"다는 아니고, 좀 거드는 중?"

"대박! 어쩐지! 캐링스턴에 살면서 내가 불꽃놀이를 좀 봤냐? 뭔가 평소랑 다르더라니!"

"템페스타도 돕고 있어. 아까 승마 경기장에서의 일을

만회해 보겠다면서."

결론적으로 리타와 바그너 사제가 만나지 못했으니 템페스타의 행동은 칭찬받아 마땅했다. 하지만 스카프를 잘못 날린 것 때문에 라나사가 마지막 장애물을 놓쳤고, 하마터면 큰 사고로 이어질 뻔했다.

감점을 피할 순 없었지만, 예선전이었기에 라나사는 무사히 다음 경기에 참가할 수 있었다. 하나 그것과는 별개로 템페스타는 바율의 꾸중을 피해 갈 수 없었다.

"맞아. 그러고 보니 갑자기 왜 그런 장난을 친 거래? 우리 겸둥이가 많이 심심했나?"

"야! 너 또……!"

"아차, 미안. 템페스타 녀석 하면 바로 떠오르는 이미지가 그런 거라서 내가 잠시 깜빡했다. 친구야, 이해 부탁한다."

귀여운 녀석을 겸둥이라 불렀을 뿐이지만, 일라이에게 그 단어는 안 좋은 기억을 되새기게 하는 말이었다. 에이단이 재빨리 사과하며 말을 이었다.

"그래도 라나사가 떨어지지 않고 올라가서 얼마나 다행인지 몰라. 이번만큼은 확실하게 승부를 보고 싶었거든."

"너에게 많은 이들의 희망이 담겨 있다는 건 알고 있나?"

"희망?"

"린데만 황태자가 너에게 걸더군."

"걸다니, 뭐를?"

퀸의 밑도 끝도 없는 설명에 에이단의 미간이 좁아졌다.

"네가 우승을 해야 황태자가 헤이즈 경에게 소원을 말할 수 있다고나 할까? 작업 거는 방식이 어찌나 촌스럽던지, 내가 다 오글거리더라."

"…그 말인즉 우승자를 놓고 황태자와 헤이즈 경이 내기를 걸었는데, 그 내기가 소원을 들어주기다?"

"으흥!"

"뭐야, 그럼 황태자가 헤이즈 경에게 관심이 있다는 소리야? 지난번 황궁에서 그렇게 뚫어지게 쳐다보더니, 진짜였어? 우아!"

새로운 가십 소식에 에이단이 흥분해서 소리쳤다.

"야, 목소리 낮춰! 누가 들을라!"

"다들 불꽃놀이 보느라 정신없을 텐데 뭐! 근데 헤이즈 경은 나 말고 누구에게 거셨는데?"

"라나사."

"뭐? 라나사? 쳇, 그간 봐 온 정이 있으실 텐데 너무하네!"

헤이즈 경에게 간택(?)되지 못한 것에 에이단이 서운한 티를 냈다.

"그게 내 앞에서 할 소리는 아닌 것 같군."

그때 로건이 불쑥 내뱉었다. 황태자와 헤이즈, 어느 쪽에서도 선택받지 못한 그의 묵직한 저음에 에이단이 일순 당황했다. 하지만 이내 목소리를 높이며 항변했다.

"아 씨, 깜빡 속을 뻔했네. 넌 그딴 거에 원래 신경 안 쓰잖아!"

"누가 그래, 내가 신경 안 쓴다고?"

"…얘가 왜 이래? 그래서 진짜 마음이 상하기라도 한 거냐?"

"그 정도는 아니고."

"이게 장난하나! 뭔데, 그럼?"

"그냥 자존심에 약간의 생채기가 났다고 해야 하나."

"나 보고 그 말을 믿으라고? 전혀 그런 얼굴이 아닌데?"

말하는 것과 어울리지 않게 로건의 표정은 너무나 평온했다.

"로건이 언제 너처럼 흥분하는 거 봤냐? 이 자식은 바율일 아니면 원래 항상 이런 얼굴이야."

"하긴, 무표정의 대명사가 우리에겐 둘이나 있지."

에이단이 고개를 격하게 끄덕거리며 일라이의 말에 맞장구쳤다.

"그 둘이라는 게 나까지 포함인가?"

"알면서 뭘 묻냐? 아니라고 잡아떼려고?"

그럴 생각은 없는지 퀸이 말없이 밤하늘로 시선을 옮겼다. 그곳엔 아름다운 불꽃들이 여전히 존재감을 과시하고 있었다.

"참! 바율, 너 나한테 할 말 있지 않아?"

"응? 무슨 말?"

불꽃놀이가 한껏 절정에 이르렀을 때였다. 바율도 한창 감상에 빠져 있는 차에 일라이가 불쑥 물었다. 녀석의 반듯한 이마에 주름이 가 있는 것으로 보아 분명 좋은 얘기는 아니었다.

"데스."

일라이는 딱 한 마디 했다.

'아.'

그리고 바율은 제대로 알아들었다. 조찬 모임에서 이사장님이 데스에 관해 떠들었던 이유에 대해 묻는 것이다. 염려하던 순간이 도래했다.

'잘 넘어가야 할 텐데.'

바율은 나름 머리를 써 가며 준비했던 말을 늘어놓았다.

"전에 이사장님이 날 찾아오신 적이 있다고 했잖아. 아버지께서 체이서를 붙이신 일 때문에."

"그런데?"

"그때 데스 형제와 잠깐 마주치셨던 것뿐이야. 그때 기억이 좀 인상적이셨나 봐. 그런 자리에서 갑자기 물어보셔서 나도 엄청 당황했어."

"그게 다라고?"

"응, 다지. 뭐가 더 있겠어?"

바율의 연기는 완벽했다. 목소리도 떨지 않았고, 시선을 피하지도 않았다.

하지만 무슨 까닭인지 일라이의 눈빛은 더없이 가늘어졌다. 그가 수상하다는 듯 목을 쭉 빼며 바율에게 얼굴을 들이밀었다.

"거짓말."

"…거, 거짓말이라니? 내가 왜 거짓말을 해?"

"내가 그 작자랑 수십 년을 살았거든? 내가 그 인간을 모르냐? 그냥 잠깐 마주쳤을 뿐인데 그런 얘기를 꺼낼 리가 없어. 시답잖은 것에 관심 가질 종자가 아니라고."

'쓸데없이 예리하다니까.'

번쩍이는 두 개의 붉은색 보석이 바율의 코앞에서 정지했다. 가까이에서 마주하는 일라이의 눈동자는 평소보다 훨씬 더 영롱하게 빛났지만, 어쩐지 섬뜩하기도 했다.

"라이! 넌 왜 엄한 애를 잡냐? 따지려거든 이사장님에게나 가서 따져! 너 때문에 바율 경기하겠다!"

"나도 그게 더 이상하단 말이지. 그냥 물어본 거에 왜 이렇게 놀라는데?"

"…놀라기는. 나 안 놀랐어."

"그래?"

끄덕끄덕.

누가 봐도 놀란 표정인데, 바율이 부정하자 일라이의 의심은 깊어 갔다.

"바율, 너 나한테 뭐 숨기는 거 있냐?"

"아, 아니!"

"정말?"

"그럼! 그런 게 어디 있겠어!"

"그날 뭘 옮겼는데?"

"옮기다니? 뭘?"

"집채만 한 짐을 데스 혼자서 척척 날랐다면서. 그게 뭐냐고."

"…아아, 그거? 그건 그냥, 내가 해밀턴에서 돌아온 날이었잖아. 겨울옷이다 뭐다 해서 짐이 많았거든. 이거저거 챙겨 온 물건들도 꽤 됐고. 마침 그걸 한꺼번에 옮기는 걸 딱 보신 거지."

바율은 임기응변으로 이만하면 괜찮다고 생각했다. 하지만 어째 일라이의 의혹은 사그라지지 않고 더욱 커져만 가는 듯했다.

"말을 길게 하는 게 왠지 더 수상한데……."

"라이, 왜 자꾸 그래? 다 사실이라니까."

"아까도 말했지만, 내가 그자랑 산 세월이 수십 년이야. 뭔가 있는 게 틀림없다고."

"야! 나는 네가 더 수상하다!"

바율이 안 되어 보였는지 에이단이 다시금 껴들었다.

"네 나이가 몇인데 이사장님이랑 수십 년을 살았냐? 평생 살았어도 고작 16년이거든?"

"……!"

"수십의 뜻을 제대로 알고 사용하는 거 맞아? 넌 똑똑한 녀석이 가끔 말을 이상하게 한다니까?"

"아, 그건……."

"됐고! 오늘 경기 좀 뛰었더니 피곤하다. 불꽃놀이도 다 끝나 가니까 그만 들어가서 쉬는 게 좋겠어. 내일 의전 하려면 또 일찍 일어나야 하잖아."

"바율도 체스 대회에 집중하려면 그러는 게 좋겠군."

퀸까지 가세하자 일라이도 더는 따져 물을 수가 없었다. 분명 뭔가 숨기는 게 있는 것 같은데, 그게 뭔지 도무지 감이 오질 않는다. 본인도 찔리는 부분이 있다 보니 계속 캐묻기가 뭐했다.

"바율, 체스 대회 준비는 잘했어?"

"…어어, 로건. 주말 동안 연습 게임을 좀 뒀어."

친구들의 도움으로 겨우 위기(?)에서 탈출한 바율은 내심 안도하며 답했다.

"이언 경이 도와주셨나 보지?"

"으응, 뭐 그렇지."

연습 상대가 데스였다고 말하면 다시 또 화제가 그리로 돌아갈지 모른다. 거짓말은 또 다른 거짓말을 낳는다고 하더니, 지금 바율의 상황이 딱 그 짝이었다.

"내일 상대가 누군지는 아는 거야?"

"아니, 제비뽑기로 정한대."

"전략은 짰고?"

"그냥 평소 하던 대로만 하려고."

"그래, 그렇게만 하면 될 거야."

"꼭 우승해라, 바율."

부담감이 있었던 건 아니지만, 친구들의 응원에 바율은 마음이 조금 편안해졌다. 체스라면 어릴 때부터 수없이 두었다. 우승을 못 하더라도 꼭 좋은 성적을 거두고 싶었다. 그래야 아버지도, 형도 기뻐해 줄 것 같았다.

Chapter 4.
수수께끼

1.

축제의 두 번째 날이 시작되었다. 황태자와 간단한 아침 식사를 함께하는 것으로 의전을 마친 바율은 서둘러 이동했다.

체스 대회는 물의 정원에 임시로 지어진 야외 경기장에서 벌어지지만, 대진표를 짜기 위한 제비뽑기를 해야만 해서 사전 모임 장소는 별도로 정해져 있었다.

승마나 마법 대회가 학년 별로 이뤄지는 것과 달리, 체스 경기는 모든 학년이 시드 배정 없이 공평하게 참가자 자격으로 진행되는 것이 특징이라면 특징이었다.

"바율!"

바율이 실내로 들어서자 뜻밖에도 아는 얼굴이 보였다. 사절단으로 함께 황궁에 방문했던 루빈스키가 손을 번쩍 들며 아는 척했다.

덕분에 모여 있던 학생들의 시선이 전부 바율에게로 쏠렸다. 어째선지 대부분이 녀석을 경계하는 듯한 눈빛이었다.

"안녕, 바율!"

바율이 다가가자 루빈스키가 밝게 인사했다.

"안녕, 루빈스키. 그간 잘 지냈어?"

"그럼, 잘 지냈지. 너도 체스 대회에 참가할 줄 알았어!"

"…그래?"

"어! 네가 까마귀 둥지에서 자레드 녀석을 발라 버렸잖아! 그 실력이면 당근 나가야지!"

바율은 실감하지 못했지만, 당시에 그건 하나의 커다란 사건이었다. 그가 란데르트 공작의 아들이기에 더 그런 것도 있었고, 여태껏 술 먹기 체스에게 자레드를 이긴 사람이 없었기에 바율의 주량과 체스 실력은 꾸준히 화제가 되고는 했었다.

"목표는 당연히 우승이겠지?"

루빈스키의 물음에 주변에서 힐긋거리는 게 느껴졌다. 바율이 뭐라고 답할지 궁금한 눈치였다.

괜한 압박감에 바율이 대꾸하지 못하고 머뭇거릴 때, 다행히 문이 열리며 담당 교수가 안으로 들어섰다.

"안녕, 얘들아!"

상냥한 목소리에 화사한 미소를 지으며 나타난 주인공은 세라리카 교수였다. 그녀의 등장에 아이들이 일제히 환호했다.

바율은 어제 조찬 모임에서 자신을 바라보던 세라리카 교수의 눈빛을 아직 기억하고 있었다. 적의까지는 아니었지만, 지금의 그녀에게선 결코 상상할 수 없는 모습이었다.

어째서 그런 눈으로 날 보았을까?

세라리카 교수를 다시 마주하자 바율은 재차 의구심에 빠졌다.

"자, 대충 인사는 서로 나눈 것 같으니까 그만 제비뽑기에 들어가야지?"

세라리카 교수가 커다란 상자 앞에서 참가자들을 한 명씩 호명했다. 뽑기 순서는 4학년부터 시작이었지만, 상자 속에는 대진 번호가 적힌 쪽지가 아무렇게나 무작위로 섞여 있었다.

체스 경기는 토너먼트로 진행되었다. 두 개 조로 나뉘어 패자는 제외하고 승자끼리 계속 겨루며 위로 올라가는 방식이었다.

"바율 혼 란데르트."

드디어 차례가 왔다. 세라리카 교수의 부름에 바율이 앞으로 나가자 또다시 이목이 집중되었다. 그가 몇 번을 뽑을지 모두가 주목했다.

"안녕, 바율. 이렇게 개인적으로 이야기를 나누는 것은 처음이구나."

"…네, 안녕하세요. 세라리카 교수님."

"넌 모르겠지만, 난 네가 아주 많이 궁금했단다."

방긋 눈웃음을 짓는 표정이 어제와 달라도 너무 다르다. 여신이란 칭호에 걸맞게 분명 아름다운 미소였지만, 어째선지 바율은 오싹 소름이 끼쳤다. 기이하게도 그녀가 무섭다는 생각이 들었다.

"평범하다는 얘기는 익히 들어서 알고 있었다만, 이건 좀 심한 느낌이랄까."

"…예?"

"너 같은 애가 어떻게 그럴 수 있다는 건지……."

'나 같은 애?'

"친구들이 기다리잖니. 어서 뽑으렴."

이상한 말로 바율을 혼란스럽게 할 때는 언제고 그녀가 나무라듯 상자를 가리켰다. 바율은 얼결에 상자 속으로 손을 집어넣었고, 곧 아무 쪽지를 골라잡았다.

"뭘 뽑았는지 봐 볼까?"

여전히 어안이 벙벙해 있는 바율을 앞에 두고 세라리카 교수가 쪽지를 펼쳤다.

"오호, 2조 1번이 나왔네? 조금 전에 누가 2번을 뽑았던 것 같은데."

세라리카 교수의 말대로 칠판에 적힌 대진표 2번 자리에는 이미 누군가의 이름이 쓰여 있었다.

라이건 드 체노이스.

누구지?

상당히 낯선 이름인 것으로 봐서 같은 학년은 아닌 것 같았다.

"킥! 라이건 선배랑 바율이 붙는다고?"

"첫판부터 대박이네!"

"누가 이길까? 설마 1학년인 바율이 이기진 않겠지?"

바율의 이름이 라이건 옆에 나란히 적히자 여기저기서 웅성거리는 소리가 들려왔다. 영문을 알 수 없는 반응에 바율이 고개를 갸웃하며 자리로 돌아오자 루빈스키가 다가와 그 이유를 알려 주었다.

"라이건 드 체노이스. 작년 우승자야."

"······!"

"행정학부 4학년 선배이기도 하고."

놀란 바율이 눈을 홉뜨자 루빈스키가 안되었다는 듯 말했다.

"네가 운이 없는 건지, 라이건 선배가 운이 없는 건지 아직은 모르겠지만, 어쨌든 첫 게임부터 피곤하긴 하겠다."

피곤한 정도가 아니었다. 우승까지는 바라지도 않았다. 하지만 일회전부터 떨어지는 것 역시 바율이 원하는 바는 아니었다.

"참고로 재작년에도 우승했대."

루빈스키의 말은 불안함에 쐐기를 박아 넣었다. 재작년이라면 2학년이었을 텐데, 그때부터 3, 4학년을 제치고 우승을 했다면 대단한 실력자라는 뜻이었다.

그런 상대를 내가 이길 수 있을까?

체스라면 수없이 두어 봤지만, 여러 사람과 해 본 것은 아니었다. 바율의 상대는 주로 아버지와 바일, 그리고 며칠 전 데스가 전부였다. 굳이 더 꼽자면 자레드 정도가 있었다.

"라이건 선배가 저쪽에서 너 쳐다본다."

루빈스키가 바율의 귀에 속닥이며 한쪽을 힐긋거렸다. 녀석의 시선을 따라가 보니 라이건 선배로 추정되는 인물과 눈이 마주쳤다.

고학년답게 그는 벌써 성인 티가 역력했다. 남자치고 선이 가는 얼굴에 은색의 안경을 끼고 있었다. 아직 겪어 보지 않아 성격이 어떨지는 모르겠으나 선한 인상의 소유자였다.

'안녕.'

그가 입 모양으로 인사하며 바율을 향해 손을 흔들었다. 똑같이 하는 것은 선배에 대한 예의가 아닌 것 같아 바율은 고개를 살짝 숙이는 것으로 인사를 대신했다.

'으, 어떡하지?'

그런 바율의 머릿속은 암흑으로 뒤덮였다. 황태자 전하께서 직접 응원하러 오시겠다고 하였는데, 첫판부터 떨어지게 생겼으니 면이 안 서게 되었다.

자신보다 강한 상대에게 지는 것은 당연한 순리지만, 일회전 탈락은 아무리 생각해도 우울한 결과였다. 아버지를 초대하지 않은 것이 정말이지 다행이었다.

"바율, 힘내."

루빈스키가 어깨를 두드리며 바율을 위로했지만, 큰 위안이 되지는 못했다. 최악의 대진 운에 실망하느라 세라리카 교수의 말을 잊게 된 것이 지금의 바율에겐 유일한 행운이었다.

2.

"여기가 물의 정원이라고 했던가?"

"네, 황태자 전하. 아카데미의 학생들이 평소에도 자주 찾는 휴식처 같은 곳입니다."

"아카데미 안에 이토록 큰 호수가 있다니, 학생들은 좋겠군."

황궁 베르가라에도 이런 호수는 없었다. 설령 있었더라도 지금쯤이면 대부분 말라서 밑바닥을 드러내 호수라 할수도 없었으리라. 캐링스턴에 도착한 순간부터 느꼈지만, 이 도시는 참으로 축복받은 곳이었다.

"황도에 하루빨리 비가 내려야 할 텐데요. 황태자 전하의 근심이 크시겠습니다."

"그게 황도만의 문제겠나. 제국 어디든 성한 데가 거의 없는데. 그나마 여기라도 멀쩡하니 다행한 일이지."

"차차 캐링스턴과 같은 곳이 늘어날 것입니다. 하니 조금만 기다려 보십시오."

"뭔가 믿는 구석이 있는 모양이지?"

에이단의 확고한 말투에 정원을 산책 중이던 린데만 황태자가 돌아보며 물었다.

"그럼요. 저는 희망의 신을 믿습니다."

정령사인 바율이 곧 이 세계의 자연을 원상 복귀시켜 줄 거니까요. 그때 놀라지나 마십시오.

에이단의 무모하리만치 당당한 태도에 황태자는 피식 웃음이 새어 나왔다.

"희망의 신이라. 그런 신이 정말로 있다면 나도 믿어 보고 싶군."

"황태자 전하께선 신을 믿지 않으십니까?"

"글쎄. 뭐라고 대꾸해야 할지 애매한데."

폴스카 제국은 수만 종류가 넘는 다양한 신을 섬기는 나라였다. 황궁 안에도 신전이 세 개나 있었고, 그곳을 주기적으로 찾아 기도하는 게 황태자의 중한 일과 중 하나이기도 했다.

하지만 그는 이제껏 신에게 어떤 답도 얻지 못했다. 제국은 강성해졌지만, 끊임없는 자연재해로 제국민들은 고통받고 있었다.

제국의 황태자로서, 미래의 통치자로서 무엇을 해야 할지 그는 아직 답을 찾지 못한 상태였다.

"그럼 이번에는 저와 내기하실래요?"

"내기? 혹시 바율이 우승할지 말지에 대한 내기인가?"

에이단의 갑작스러운 제안에 린데만 황태자의 발걸음이 멈췄다.

"에이, 그런 내기는 왜 합니까? 보나 마나 그 녀석이 우승할 텐데요."

"그렇게 장담할 정도로 실력이 좋은가? 바율이 말할 때는 그런 느낌을 받지 못했는데."

"바율 녀석은 말이죠. 좋아하거나 관심 있는 것에는 모든 게 수준급 이상입니다. 근데 그걸 본인만 모른다는 게 문제죠. 주위에 비교할 대상이 별로 없었거든요."

입학 첫날부터 잘하지 못한다는 가국어로 본인 소개는 물론 어머니에 대한 해명까지 능숙하게 발표했다. 자레드와의 체스 대결에서는 독한 술을 연거푸 마셨으면서도 결국 버티어 이겨 냈다.

"어떤 상대를 만나든 잘 이겨 낼 겁니다. 보세요. 제 말대로 될 테니까."

"훗, 친구를 믿어 주는 그 우정 부러울 만큼 훌륭하군. 그럼 나와는 무슨 내기를 하자는 건데?"

"머잖아 황도에 비가 올까요, 안 올까요?"

"설마…… 황도 날씨를 가지고 내기를 하자는 거였나?"

"네에! 가을은 너무 이르고, 겨울은 좀 춥고. 봄비 어떠세요? 그때쯤이면 얼추 될 것도 같은데. 새싹이 파릇파릇하게 피는 계절이니까 좋은 타이밍 아닙니까?"

"야야, 에이단."

너무 선 넘지 마라. 엉?

슬쩍 노려보는 일라이의 눈빛이 예사롭지 않았지만, 그건 에이단이 알 바 아니었다. 내년 그 무렵이면 바율이 훌륭한 정령사로 거듭나 있을 거라고 에이단은 확신했다.

"이렇게까지 말하는 걸 보니 정말 궁금한데. 뭔가 있지? 설마 말만 하면 비를 내려 줄 친구라도 어디 있는 건가?"

"아하하! 설사 그런 친구가 있더라도 절대 발설할 순 없지요. 황궁에 잡혀가서 내내 노동만 할 게 뻔한데, 절대 말 못 합니다."

에이단의 과장된 말투와 제스처에 린데만 황태자가 박장대소를 터뜨렸다.

"농담도 진짜처럼 하는 재주가 있는 줄은 몰랐네. 말만 잘 타는 게 아니었어."

"이래 봬도 제가 학부 수석입니다. 황태자 전하께 즐거움을 드렸다니, 오늘 제 의전이 성공적인 것 같아 매우 기쁘군요."

"이제 곧 대회가 시작할 시간입니다. 이동하시겠습니까?"

황태자와 에이단이 수다를 떠드는 동안, 시계만 들여다

보고 있던 로건이 드디어 입을 뗐다.

"물론이지. 에이단, 방금 전 나눈 내기에 관해선 나중에 다시 얘기하도록 해."

"이쪽입니다."

로건의 안내에 따라 황태자 일행이 물의 정원에 마련된 야외 경기장으로 서둘러 걸음을 옮겼다.

체스는 시간을 많이 잡아먹는 게임인 만큼 한 경기장에서 여러 게임이 한꺼번에 진행되었다. 관람석은 그 주변을 둘러싼 간이 계단에 마련되어 있었는데, 역시나 이번에도 황태자의 자리에는 그늘막이 준비되어 있었다.

"어라? 이사장님께서도 와 계시네요."

"그러게. 저자…… 아니, 이사장님이 여긴 왜 오신 거지?"

"바율을 응원하러 왔겠지."

그게 뭐 대수냐는 듯 린데만 황태자가 걸어가 반갑게 인사했다.

"오, 황태자 전하께서도 구경 오신 겁니까?"

라예가르가 황태자를 발견하고는 반갑게 일어나 웃으며 인사했다. 자연스레 일행은 그의 옆에 자리를 잡게 되었다.

"근데 이거 어쩝니까? 바율을 응원하러 오신 것 같은데,

첫판부터 대진 운이 최악이네요."

"최악이라니요?"

"글쎄, 작년 우승자와 붙게 됐답니다. 2학년 때부터 우승을 맡아 두고 있는 녀석이라고 하더군요. 바율이 과연 일회전 통과를 할 수 있을지 그 점이 관건입니다."

"저희, 잠시만 저쪽에 좀 다녀오겠습니다."

가만히 두고만 볼 수 있는 소식이 아니었다. 에이단과 일라이는 물론이고, 로건과 퀸까지 황급히 경기장 인근에 세워진 대진표로 가 눈으로 직접 대진 상황을 확인했다.

"진짜네."

"라이건 드 체이노스 대 바율 혼 란데르트. 세기의 대결이라."

"3년 연속 우승을 노린다는 이딴 글은 옆에다 왜 써 놓은 거야?"

이목을 끌기 위한 방법 중 하나였겠으나 친구들 입장에선 화딱지가 나는 글귀였다.

"선수들은 아직 도착 전인가. 보이지가 않네."

"이따 오면 응원이라도 열심히 해 주자. 기죽지 않게 말이야."

첫판부터 상대가 너무 막강하다. 바율의 성격을 너무 잘 알기에 녀석이 지금쯤 어떤 상태일지 뻔히 그려졌다. 그래

서 더 속이 상하지만, 가장 중요한 건 본인 스스로가 이겨
내고 경기에 집중하는 것이었다. 그리고 바율이라면 충분
히 그럴 수 있을 거라고 그들은 믿었다.

잠시 후, 대회 참가자들이 속속 도착하더니 대진 번호에
따라 자리에 앉기 시작했다. 그중에는 바율도 있었는데, 풀
이 죽은 것이 친구들에게도 보일 정도였다.

그때였다.

"바율 도련님! 힘내세요! 저는 꼭 도련님께서 승리할 거
라고 믿어요!"

리타였다. 관중석에 있던 그녀가 벌떡 일어나서는 란데
르트 공작 가문의 상징인 까만 방패에 별과 달이 그려진 청
색의 깃발을 흔들며 고래고래 소리를 지르며 응원했다.

다른 이들에게는 보이지 않았지만, 그런 녀석의 머리 위
에선 이노센트와 템페스타가 함께 목청을 돋우며 응원에
동참하고 있었다.

참가자뿐 아니라 관객들이 바율과 리타를 번갈아 쳐다보
는 것이 느껴졌다.

바율의 고개가 밑으로 푹 꺼졌다. 부끄러움은 어찌하
여 그의 몫이란 말인가. 어딘가로 도망치고 싶은 심정이었
다.

"저 소녀는 누구지?"

황태자의 물음에 친구들이 머뭇거리자 뒤쪽에 시립하고 있던 헤이즈가 대신 답했다.

"리타라고, 해밀턴에서부터 바율 도련님을 모시던 아이입니다."

"그럼 하녀라는 말인가?"

"네, 황태자 전하."

"하핫, 어제부터 참 흥미롭군. 바율의 하인들 얘기가 끊임없이 흘러나와. 참 신기하단 말이야."

"바율 도련님께서 어려서부터 누이처럼 여기셨습니다. 아마 경기를 앞둔 도련님의 기를 살려 주고 싶었던 모양입니다."

"내 동생도 날 위해 저러지는 못할 것 같은데, 바율이 또 부러워지려고 하는군."

삐이이―!

황태자가 싱거운 소리를 하는 그 순간, 드디어 체스 대회의 막이 올랐다. 각각의 체스 테이블마다 시간을 재는 전담 운영 요원이 따로 있었고, 참가자들의 집중을 위해 경기장 주변을 돌며 현장을 관리하는 이들도 몇 사람 눈에 띄었다.

"바율, 파이팅!"

"잘해라!"

조금이라도 용기를 북돋아 주고자 친구들이 소리쳤지만, 그걸 듣고 있는지는 의문이었다. 이미 바율은 온 신경을 눈앞에 체스판에 다 쏟아부은 상태였다.

3.

"잘해 보자, 바율."

라이건이 게임에 앞서 바율에게 악수를 청했다. 그 손을 맞잡으며 바율은 다시 한번 인사했다.

"네, 라이건 선배님. 저도 잘 부탁드립니다."

"그냥 선배라고 불러. 님 자 붙일 필요 없어."

"그래도 4학년 대 선배님이신데……."

"나도 같은 아카데미 학생일 뿐이야. 편하게 대해도 돼."

"네, 선배님. 아니, 선배……."

무의식적으로 튀어나온 말을 빠르게 수정하며 바율이 어색한 미소를 지었다. 아카데미에 입학하고 제법 시간이 흘렀지만, 아직도 그에겐 선배라는 호칭이 낯설었다.

"근데 응원객이 많이 왔나 봐. 네 이름이 가장 크게 들리더라."

"…죄송합니다."

"그게 죄송할 일은 아니지. 오히려 난 부러운걸?"

라이건이 관중석을 한 바퀴 훑어보고는 덧붙였다.

"난 역시나 아무도 오지 않았거든. 뭐, 익숙해서 상관없긴 하지만."

바율이 딱히 대꾸할 말이 없이 눈만 깜박이는데, 라이건이 사람 좋은 웃음을 건네며 말했다.

"그리고 긴장할 것 없어. 체스는 그냥 체스일 뿐이니까."

체스는 체스일 뿐이다?

"여기에 목숨이 걸린 것도 아니잖아. 마음 편하게 두자고."

두 해 연속 왕좌를 차지한 경험에서 나오는 것일까. 싸워 이겨야 할 적수를 앞에 두고 라이건은 시종일관 여유가 넘쳤다.

느낌상 가식은 아니었다. 그는 4학년 선배로서 후배인 바율에게 진심으로 조언을 해 주고 싶은 눈치였다.

거기에 그만큼 이번 경기에 자신이 있다는 뜻 같기도 했다. 본인이 질 거라고는 전연 생각조차 안 하는 듯했다.

상대의 방심은 기회라고 했던가. 어쩌면 해 볼 만할 수도 있겠다는 생각이 불쑥 들었다.

'그래, 지게 되더라도 멋지게 지자.'

그래야 후회가 덜 될 것이다. 경기에서 패하는 건 부끄러운 일이 아니었다. 조금 아쉬울 뿐, 분명 배우는 바가 있을 것이다.

'얼지 말고 정신 똑바로 차려야지.'

까마귀 둥지에서 자레드와 겨루었을 때처럼 최선을 다할 참이었다.

"말씀 감사합니다. 그럼 이제 시작할까요?"

"그럴까?"

흰색을 쥐고 있던 바율이 먼저 두었다.

"드디어 시작하나 봅니다."

경기장엔 여러 테이블에서 대국이 벌어지고 있었지만, 대부분의 시선이 바율과 라이건에게 향해 있었다. 둘 중 누가 승리할지가 오늘 경기의 최대 관심사였기 때문이다.

에이단을 포함한 친구들은 어째 바율보다 더 긴장한 기색이었다. 다들 석상이라도 된 듯 같은 자세로 바율만을 뚫어지게 바라봤다.

리타 역시 언제 떠들었냐는 듯 가지런히 두 손을 모은 채 조용히 기도 중이었다.

'절망의 신님, 우리 도련님이 꼭 이기게 해 주세요!'

절망의 신전과 가까운 곳이니 전쟁의 신보다는 약발이

조금은 더 낫기를 바라며 속으로 간절히 염원했다.

황태자와 헤이즈, 그리고 조금 떨어져서 호위를 맡고 있는 이언까지 바율을 응원하는 이들이 많았다.

"자리가 좀 불편하네. 여기는 좀 괜찮은가?"

그렇게 얼마나 지났을까.

경기는 무르익고 관중들의 집중력이 흐트러지기 시작할 무렵, 라예가르가 갑자기 퀸의 옆자리로 이동해 앉았다. 인어족이 낯설어서인지 퀸의 근처는 이렇게 한두 자리씩 비는 경우가 많았다.

"원래 자리로 돌아가시지?"

퀸의 우측에는 일라이가 있었고 방금 라예가르가 나타난 건 좌측이었다. 그러니까 두 부자 사이에 낀 꼴이었다. 절대 퀸이 원하는 바는 아니었다.

"뭐라고? 잘 안 들리는데?"

라예가르가 짐짓 듣지 못한 척 귀를 내밀었다. 그가 듣지 못했을 리 없다는 걸 너무나도 잘 아는 일라이는 한 차례 양부를 쏘아보다가 이내 고개를 팩 꺾었다. 라예가르 같은 자에겐 무관심이 답이었다.

"작년까지만 해도 체스는 별로 인기가 없는 종목이었다고 하던데, 오늘은 여기가 제일 북적이는군. 왜 그런 거 같아?"

"…지금 제게 물으시는 겁니까?"

아들인 일라이는 라예가르 쪽을 거들떠보지도 않고 있었다. 퀸이 의아한 눈길로 돌아보자 라예가르가 도리어 반문했다.

"여기 또 누가 있나?"

에이단과 로건은 일라이보다 더 먼 자리에 앉아 있었다. 라예가르가 옮겨 온 덕분에 그가 비서처럼 데리고 다니던 라인하르트 총장과 몇몇 교수들도 멀찍이 떨어져 있었다.

"…황태자 때문 아니겠습니까?"

라예가르가 뜬금없이 찾아와 왜 이런 질문을 하는지는 모르겠으나, 어찌 되었든 그의 신분은 이사장이기에 퀸은 내키지 않은 표정을 고스란히 드러내면서도 대답했다.

"황태자에게 조금이라도 틈이 생기면 어떻게든 말을 붙여 보기 위해 귀족들이 접근해 옵니다. 가끔은 저기 계신 교수님들도 마찬가지고요."

황태자를 만날 기회는 절대 흔치 않았다. 꼭 그에게 뭔가를 바라서가 아니라, 눈도장이라도 찍고 싶은 간절한 마음 때문일 터였다.

"인어국에선 너 역시 비슷한 처지일 테니, 익숙하다면 익숙한 장면이겠군."

"훗, 망해 가는 나라인데 비교가 되겠습니까."

퀸이 말을 안 해서 그렇지, 인어국의 왕권은 밑바닥까지 추락한 상태였다. 왕가를 따르는 이들이 여전히 있긴 하지만, 그렇지 않은 세력이 훨씬 더 많다고 봐야 했다. 씁쓸한 현실이자 가혹한 시대였다.

"그래서 바율에게 접근했나?"

"…네?"

"말라 가는 샘을 멈출 자, 다시금 샘을 넘치게 할 자, 왕국의 번영을 가져올 자. 꼬리 대신 두 다리가, 지느러미 대신 둥근 두 귀를 지닌 자에게서 그 처음이 있으리라."

"…다, 당신이 그걸 어떻게……!"

누가 들었다면 그게 무슨 소리냐고 영문 모를 말이라 여기고 말 것을 퀸은 소스라치게 놀랐다. 여기서, 그것도 라예가르에게서 이 말을 듣게 될 거라고는 꿈에도 생각하지 못했다.

"인어족이라면 누구나가 아는 전설이지."

"…당신은 인어족이 아닙니다."

그러니 어떻게 안 겁니까?

퀸의 말투는 해명을 종용하고 있었다.

"나는 좀 특별한 경우?"

라예가르가 분위기에 걸맞지 않게 눈부신 미소를 지었다.

"참 이상하지? 망해 가는 인어국을 다시 살려 낼 자가 인어가 아니라 인간이라니. 선뜻 이해가 좀 안 가?"

퀸도 처음엔 그랬다. 수백 년 전 인어국의 대 예언자가 죽으면서 남긴 말이 하필이면 그것이었다.

멸망의 길로 접어든 인어국의 부흥을 다시 가져올 존재가 인어족이 아닌 인간에게서 날 것이다.

말도 안 되는 예언임에도 그가 살아생전 단 한 번도 예언을 틀린 적이 없기에 현재까지 두고두고 전해져, 이제는 인어족이라면 누구나가 다 아는 전설이 되고 말았다.

퀸은 참을 수가 없었다. 왕가의 자손으로 태어난 그에게 조국의 운명이 한낱 인간에게 달렸다고 하는 건 마치 그의 존재를 부정당하는 것과 같은 얘기였다.

그래서 믿지 않았다.

내 나라는 내가 지킬 것이다.

전설 따위는 헛소리라 치부하며, 철없는 선대왕이 물의 정령왕에게 갖다 바친 대양의 눈을 찾으러 직접 인간 세계로 넘어왔다.

조국의 수호물인 대양의 눈은 한 쌍이 되었을 때 진정한 힘을 발휘한다. 그것만 있으면 모든 것이 해결될 거라고 퀸은 장담했다.

그리고 그 장담은 바율을 만나고 녀석이 정령사라는 걸

알게 되면서 흐릿해지는 중이었다. 점점 발전해 가는 바율을 볼 때마다 전설에 대한 믿음이 조금씩 강해졌고, 이제는 그도 예언이 사실이라 여기고 있었다.

"실은 난 영 신뢰가 안 가더라고. 인간에게 무슨 힘이 있어서 망해 가는 인어국을 살려 내겠어? 너희 나라가 그런 말까지 지어낼 정도로 엄청 절박한 상태구나 싶기만 했지."

"…당신은 그것을 어떻게 알게 되었는지 아직 답하지 않았습니다."

"그게 그렇게 중요해? 엄청난 비밀도 아니잖아."

"그거야 그렇지만……."

틀린 말은 아니었다. 구전으로 전해지며 이런저런 얘기들로 덧씌워지고 부풀려진 전설이었다. 그러나 인어는 폐쇄적인 성향이 짙은 민족이었고, 인간은 그런 인어족을 업신여기는 경향이 있었다. 인간인 그가 알 방법은 거의 없다고 봐도 무방했다.

"뭐, 보아하니 나중에 깨달은 모양이군."

라예가르의 빛나는 황금색 눈동자가 경기 중인 바율에게로 옮겨 갔다.

그의 눈빛에 이런 깊이가 있었던가?

아들인 일라이를 놀려 대던 모습만 보아선지 영 적응이

안 된다. 대체 그가 어떻게 인어국의 전설을 알고 있는지 퀸은 혼란스러운 한편 궁금했다.

"어서 성장해야 할 텐데 말이야."

말없이 바율을 쳐다보고만 있던 라예가르가 또다시 의미심장한 말을 내뱉었다.

"성장이라니요? 그게 무슨 말씀입니까?"

"그건 네가 더 잘 알지 않아?"

"…모르겠는데요."

"밤마다 그리 바쁘게 지내는 게 재밌긴 해도 쉽지는 않을 것 같은데."

라예가르가 혼잣말처럼 작게 중얼거렸지만, 퀸은 귀가 밝은 편이었다. 그는 그가 전설을 거론했을 때보다 훨씬 더 깜짝 놀랐다.

"……!"

어떻게 안 지는 모르겠지만, 라예가르는 분명 알고 있었다.

바율이 아직 본인의 아버지에게조차 말하지 못한 비밀.

녀석이 정령사라는 것을 아는 게 틀림없었다. 그래야만 말의 앞뒤가 들어맞았다.

"그것 봐. 알아듣은 얼굴이잖아. 너와 너의 나라를 위해서, 하루빨리 그러는 편이 좋겠지?"

답이 없는 퀸에게 라예가르가 대뜸 목소리를 깔며 말했다.

"녀석을 지켜라."

이제껏 알고 있던 라예가르가 아닌 것 같았다. 꼭 그의 몸에 다른 사람의 영혼이 들어가 있기라도 한 듯 낯선 느낌이었다.

"…무슨 뜻입니까?"

"넌 똑똑하니까 알 거다. 그 순간이 오면 말이지."

"그 순간이라니요? 이사장님께서 무슨 말씀을 하시는지 하나도 모르겠습니다."

"훗, 좀 전에는 당신 어쩌고 하더니 이젠 이사장이야?"

"그건…… 놀라는 바람에…….."

"내 아들처럼 귀여운 구석이 숨어 있군."

금세 예전으로 돌아갔다. 장난기 가득한 그의 말투에 퀸이 인상을 구기며 따지듯 물었다.

"근데 왜 하필 저입니까? 라이도 있고 에이단과 로건도 있는데 말이죠."

"너밖에 할 수 없는 일이니까."

"저밖에 할 수 없다고요?"

"답례는 하지."

"답례는 또 뭡니까?"

퀸은 무슨 수수께끼를 푸는 기분이었다.

"내 답례에 나중에 따로 고맙다고 말할 필요는 없다고 미리 알려 줄게."

대화는 이쯤에서 끝내겠다는 듯 라예가르가 일어섰다.

"이사장님, 알아듣게……."

퀸이 급히 따라 일어서며 말을 붙이려 했지만, 갑자기 어마어마한 함성 소리가 그의 예민한 귀를 날카롭게 건드렸다.

그리고 퀸은 그제야 알아차렸다. 이제껏 라예가르가 주변의 소리를 차단하고 있었다는 것을.

그가 퀸의 옆자리에 앉은 건 우연이 아니었다. 할 말이 있어서 일부러 찾은 것이다.

'나한테 왜? 바율에게 무슨 일이 생길 거라는 건가? 왜 녀석을 지키라는 소리를 나에게만 하는 거지?'

의문에 잠기느라 퀸은 함성의 연유를 한참 후에서야 깨달았다.

"바율, 축하해!"

"역시 넌 내 친구다!"

"도련님이 최고예요!"

2년 연속 우승자인 4학년 선배를 멋지게 이기고, 2회전 토너먼트 대진표에 당당히 이름을 올린 란데르트 공작의 아들.

그것에 많은 관중이 열광했지만, 퀸은 그 기쁨에 함께하지 못했다. 해맑게 웃고 있는 바율의 모습 뒤로 긴 그림자가 생겨났다.

복잡한 마음 때문일까?

이어지는 경기 내내 퀸의 머릿속은 정체 모를 불안함으로 점철되어 갔다.

Chapter 5.
마계의 그림자

1.

사방이 온통 하얀색으로 칠해진 공간이었다. 바닥과 벽, 천장은 말할 것도 없거니와 소파와 탁자 같은 가구 역시 모조리 하얀 것 천지였다.

그러한 곳에 데스가 턱 자리하고 있으니 눈에 띌 수밖에 없었다. 이전에는 본 적 없는 검은색 정복을 차려입은 그는 상당히 뻐딱하게 앉아 있었는데, 그러한 그의 자세는 현재 몹시 기분이 좋지 않음을 시사했다.

"아 씨, 정말 너무하는 것 아닙니까? 어떻게 마족이 그럴 수가 있어요? 그러고도 우리가 형제입니까?"

"엄밀히 따지면 형제는 아니지. 피가 안 섞였잖아."

"아몬 형님! 지금 제가 그런 말을 하는 게 아니잖아요! 저만 쏙 빼고 세 분이 놀러 갔다 오신 거, 이게 말이 됩니까? 일이란 일은 저에게 다 떠넘기시고 진짜 치사하십니다!"

"치사해?"

"네! 완전 치사해요!"

데스의 물음에 아고스가 턱을 한껏 쳐들며 목청껏 소리쳤다.

"그래서 뭘 어쩔 건데?"

"예?"

"치사하다며. 그래서 어쩌겠다는 거냐고. 나랑 한판 붙어 보자는 거야, 뭐야?"

"…붙다니요? 제가 왜 사령관님과 붙습니까? 저만 다칠 게 뻔한데."

"그러니까. 그걸 알면서 왜 이렇게 시끄럽게 굴지? 머리 나쁜 거 티 내는 거냐, 지금?"

긴 앞머리에 가려진 데스의 까만 눈동자가 사납게 번뜩였다.

"눈치가 없는 건 익히 알고 있었다만 심각해도 너무 심각하네. 좀 닥치고 있어라. 엉?"

"아고스."

데스의 경고에 이어 아몬이 낮은 목소리로 조용히 아고스의 이름을 불렀다. 고개를 살짝 젓는 모양새가 때가 좋지 않음을 말하고 있었다.

"왜요. 잘 놀다 와서는 또 무슨 일인데요?"

애써 억울함을 삼키며 아고스가 불퉁하게 물었다. 그는 정말이지 피가 거꾸로 솟는 느낌이었다. 평소 존경하고 따르던 형님들이 자신만 따돌리고 인간계에 다녀왔다는 것을 처음 안 순간, 그간의 우정을 지키느냐 부수느냐 심각한 갈등에 휩싸이기도 했다.

"너 열 받는 건 알겠는데, 지금은 아니야. 나중에 해."

"나중에 언제요? 저 복장 터져서 죽은 다음에요?"

퍽!

평소 점잖기만 하던 아몬이 아고스의 뒤통수를 갈겼다.

"헐! 아몬 형님! 지금 저 때린 겁니까?"

"아니, 쓰다듬은 거야. 널 살려 준 것이기도 하고."

여기서 멈추지 않으면 데스가 무슨 짓을 할지 몰랐다. 오늘 그의 심경이라면 까딱하다간 여럿 죽어 나가는 수가 있었다.

"근데 바르 형님은 어디 가셨어요? 왜 안 보이신대요?"

퍼억!

"아 씨, 왜 또 때리는데요! 미치셨어요?"

이번엔 조금 전보다 강도가 셌다. 얼얼한 뒤통수를 매만지며 아고스가 버럭 하자 아몬이 급히 말을 덧붙였다.

"그 이름은 당분간 금기어야. 꺼내지도 마."

"이름을 꺼내지 말라니요? 그럼 바르 형님을 바르 형님이라고 부르지, 뭐라고 불러요?"

"금기어라고 했지?"

슝—

"어라? 피했냐?"

아몬이 다시금 손찌검을 날렸지만, 아고스가 날렵하게 몸을 숙이며 재빨리 위기를 모면했다.

"두 번까지만 당해 주는 겁니다. 세 번은 없어요."

"과연 없을까?"

아몬이 자세를 바꾸며 묻자 아고스가 스스슥 뒤로 물러났다.

"진짜 왜 그러세요? 제가 무슨 잘못을 했다고?"

"이름 꺼내지 말랬잖아. 안 보여?"

아몬이 고개를 까딱여 데스 쪽을 가리켰다.

"심기 불편하시니까 건드리지 말고 제발 좀 조용히 꺼져 줘라. 그게 네 살길이야."

"그러니까 왜 제가……."

"이유는 묻지 말라니까?"

그 이유를 지금 여기서 말했다간 너도 죽고 나도 죽는다고!

아몬은 속으로 절규했다. 마계로 돌아와서 이런 끔찍한 상황이 도래할 거라고는 전혀 예측조차 못 했다. 하루하루가 살얼음판에 가시밭길이었다.

"에휴, 알겠어요. 이따가 따로 찾아뵙겠습니다."

아몬이 이렇게까지 나오는 건 정말 무슨 일이 있다는 뜻이었다. 아무리 눈치 없는 아고스라 할지라도 더 이상 나서선 안 된다는 것쯤은 알 수 있었다.

"그래, 얼른 가 봐. 이러다 마주칠라."

데스와 아몬은 마황의 부름을 받고 대전에 든 참이었다. 명도 없이 이곳에 있다가는 화를 당할 수도 있었다.

아몬의 축객령에 아고스가 입이 댓 발이 나와서는 성큼성큼 밖으로 사라졌다.

그리고 잠시 후. 아몬이 데스의 기색을 살피며 쥐 죽은 듯이 자리만 지키고 있을 때, 닫혔던 문이 벌컥 열리며 두 사내가 걸어 들어왔다.

아몬은 즉각 일어나 예를 표했지만, 데스는 움직이기는커녕 고개조차 돌리지 않았다. 아예 관심을 두지 않고 있다는 게 맞는 표현이었다.

"왜 저래?"

두 사내 중 백발의 미남이 어좌에 착석하며 물었다. 다른 사내는 데스의 무례함에 당장이라도 폭발할 것만 같은 분위기였다.

"폐하, 그간 강녕하셨습니까? 인사가 늦었습니다."

사내의 물음에 답은 않고 아몬이 허리를 숙이며 다시 한번 정중히 인사했다.

그랬다. 사내는 마계의 현 집권자이자 냉혹의 신, 마황 크루델리스였다.

데스가 머리부터 발끝까지 온통 흑색의 물결이라면, 크루델리스는 전체가 백색이었다. 등을 덮는 긴 머리칼부터 두 개의 눈동자, 입고 있는 옷, 심지어 입술까지 하얗지 않은 데가 없었다.

기괴하면서도 아름다우며 섬뜩함을 풍기는 냉혹 미남.

그가 마계의 총사령관이자 서열 9위인 데스를 아무 말 없이 한동안 물끄러미 쳐다보기만 했다.

"데스."

마황의 음색이 달라졌다. 이 정도면 기다려 줄 만큼 기다려 줬다고 여긴 그가 데스를 호명했다.

그런 그의 진심이 통했을까? 꿈쩍 않던 데스가 드디어 마음을 고쳐먹은 듯 마황을 향해 눈을 맞췄다.

"뭐 때문에 그렇게 골이 났는데?"

"알 거 없어."

"어허! 폐하이시다! 예를 갖추어라!"

데스의 시큰둥한 말투에, 마황의 곁에 시립해 있던 사내가 결국 참지 못하고 언성을 높였다. 들리는 목소리는 꽤 젊은 듯했으나, 후드가 달린 갈색 로브를 깊게 눌러쓴 탓에 얼굴이며 신체 형태가 명확히 보이지 않았다.

데스의 한쪽 눈초리가 까끄름하게 올라갔다. 갈색 로브 사내를 바라보는 그의 눈빛이 이제껏 보았던 어떤 때보다 차갑고 서늘했다.

"왜 불렀는데?"

상대를 노려보며 데스가 보란 듯이 다시금 반말을 뱉었다.

"저 저, 망할 놈이! 감히 여기가 어느 안전이라고……!"

"됐어, 모르스. 저 녀석이 저러는 게 어디 한두 번이야? 내버려 둬."

"하오나 폐하……."

"됐다니까."

일순간 크루델리스의 백색 눈동자가 반짝였다. 그에 모르스가 하는 수 없이 입을 앙다물었다. 하지만 데스를 향한 표독한 시선만은 거두지 않았다.

"아몬."

"네, 폐하."

"네가 얘기해 봐. 오자마자 무슨 일인데 그래?"

"저, 그게⋯⋯."

아몬까지 말을 아끼자 이제는 안 들을 수가 없게 되었다. 진짜로 궁금해지기 시작한 것이다.

"설마 내가 불러서 이러는 건 아니지?"

"당연하지요. 그건 절대 아닙니다!"

"아니긴 뭐가 아니야. 그것도 엄청 짜증 나는 일 중 하나지."

아몬의 강한 부정에 데스가 끼어들었다.

"마침 중요한 행사가 열리기 직전이었는데, 다 망쳤잖아. 이거 어떻게 보상할 거야?"

"보상이라니! 그게 지금 인간계에서 깽판을 치고 온 네 놈이 할 소리냐?"

"깽판은 누가 깽판을 쳤다고 그래? 난 조용히 밥만 먹고 왔거든?"

"밥?"

모르스의 일갈에 데스가 반박하자 마황이 그게 무슨 소리냐는 듯 반문했다. 아몬은 하는 수 없이 상황을 짧게 설명했다.

"⋯그러니까 인간의 요리가 너무 맛있어서 하인으로 취

직을 한 거다? 취직을 했으니 일은 해야 하고?"

"예, 폐하……."

"기가 차서 말이 안 나오는군."

마계의 총사령관이 인간계에 내려가 어느 집 하인 놀이나 하며 청소를 했다. 데스의 성정을 누구보다 잘 아는 마황이기에 더욱 어이가 없었다.

"대체 얼마나 맛있기에 그런 거야? 아니, 데스 너는 그렇다 쳐. 아몬과 바르는 왜 데려간 건데?"

"정원사와 요리사가 필요하대서."

"설마 아몬을 정원사로 취직시켰단 말이야?"

마황의 얼굴이 일그러졌다. 그는 바르가 요리사로 가담했다는 것보다 그 사실에 더 놀란 듯했다.

"…배우는 중입니다."

"그 집 정원이 어떻게 되었을지 알 만하군."

아몬에게 정원 손질 금지를 명한 이가 다름 아닌 크루델리스, 그였다. 아몬의 독특한 취향은 마계에서도 받아들이기 상당히 어려웠다.

"아무튼, 그래서 바르는 요리를 제대로 배워 왔나?"

"……."

어째선지 데스와 아몬 모두 답이 없었다. 분명 축제 직전에 '먹을 수 있는' 음식을 만드는 걸 뛰어넘어 '맛있는' 음식을 요리하는 데 성공한 바르이거늘, 데스의 표정이 똥이라도 씹은 듯 구겨졌다.

"훗, 그럼 그렇지. 팔 병신이 무슨 요리를 한다고."

"팔 병신?"

모르스의 비아냥에 데스의 안색이 굳었다. 가뜩이나 심기가 불편한 날이었다. 되도록 마주치지 말아야 할 놈을 만난 것으로도 모자라, 주제를 모르고 까부는 것까지 보고 있어야 한다니. 참고 있던 울화가 스멀스멀 기어 나왔다.

"그럼 네놈은 얼굴 병신이냐?"

"뭐, 뭐야?"

"그 낯짝 가리겠다고 로브를 뒤집어쓰고 있는 거잖아. 왜, 얼굴 병신으로도 만족이 안 돼? 너도 팔 한 짝 잘라 줄까?"

"이게 말이면 다인 줄 아나! 감히 천것 출신 주제에 계승 서열 5위인 나에게 그런 망발을 지껄여? 네놈이 죽고 싶은 게지!"

모르스의 분노에 대전 전체가 들썩거렸다. 거대한 기운이 몰아치며 그의 로브가 펄럭였다.

물론 데스는 눈 하나 깜짝 안 했다. 오히려 다리를 꼬며 더욱 비웃었다.

"그 힘으로 날 죽이겠다고?"

"나는 죽음을 관장하는 신이다. 네놈 따위는…… 커허헉!"

순식간에 벌어진 일이었다. 방금 전까지 소파에 앉아 있던 데스가 어느새 그의 앞으로 다가가 한 손으로 목을 움켜잡았다.

"어쩔까? 이대로 그냥 분질러 줄까?"

데스의 까만 두 눈에 붉은빛이 일렁였다. 그가 히죽 웃으며 천천히 팔을 들어 올렸다. 내디딜 곳을 잃은 모르스의 두 발이 허공에서 버둥거렸다.

"데스, 그만해."

마황의 명이 떨어졌다. 하지만 데스는 손아귀의 힘을 풀지 않았다. 오히려 더 강하게 쥐었다.

"미, 미친……."

모르스의 낯빛이 점점 하얗게 질려 갔다. 그는 두 팔로 데스의 손을 떨치기 위해 갖은 애를 써 보았지만, 통할 리가 없었다.

"데스, 그만하래도!"

마황의 음성이 거칠어졌다.

"철딱서니 없는 놈! 형이 말하면 좀 들으라니까!"

좌아아아학!

"누가 형이야? 누가 내 형인데!"

데스에게서 풀려난 모르스가 바닥을 나뒹굴었다. 그를 내팽개친 데스가 이번에는 마황을 향해 분노를 드러냈다. 그런 그의 등에는 어느 틈엔가 검은색 날개가 돋아 있었다.

절망의 신, 데스페라티오.

그가 반신을 풀고 진체를 드러냈다는 것.

그건 반드시 누구 하나는 죽어야 그의 분노가 끝날 것임을 의미했다.

"나. 내가 네 형이다."

크루델리스가 데스를 똑바로 마주하며 덤덤히 대꾸했다.

"내 목도 졸라 볼 테냐?"

"못할 것도 없지."

"사령관님!"

마황에게로 한 걸음 다가서는 데스의 앞을 아몬이 황급히 막아섰다.

"진정하십시오! 여기는 대전입니다!"

"그래서 뭐? 대전이 별거야?"

"대마족들이 폐하를 알현하는 곳입니다. 이곳이 망가지면 분명 말들이 많아질 겁니다. 귀찮은 건 딱 질색이시잖아요. 감당하실 수 있겠습니까?"

"…그래서 참으라고?"

귀찮다는 대목에서 이미 내적 갈등은 생겼다. 하지만 그렇다고 지금의 기분으로 그냥 넘어가자니 분이 안 풀린다.

"물론 모르스 님께서 실언을 하시기는 했습니다. 바르 형님에게 팔 병신이라니, 순간 저도 제 귀를 의심했습니다. 저 얼굴로 사느니 팔 하나 없는 편이 훨씬 낫지 않겠습니까?"

데스를 달래는 아몬의 말투는 더없이 점잖았다. 하나 그 내용의 수위는 데스보다 심하면 심했지, 결코 약하지 않았다.

여전히 바닥을 뒹굴고 있던 모르스가 얼굴을 붉히며 넘어지면서 벗겨졌던 후드를 재빨리 다시 뒤집어썼다. 어디가 눈이고 코이고 입인지 분간할 수 없을 정도로 일그러진 그의 얼굴은 마력으로도 어쩔 수 없는 부분이었다.

날 때부터 흉측한 외모를 가진 마족은 많고 많았다. 마력이 약할수록 그럴 확률이 높지만, 꼭 그런 것만은 아니었다. 모르스가 그 대표적인 사례였다.

마계에서 대마족이란 일정 수준 이상의 마력을 넘어서는 월등한 힘을 가진 자들을 지칭하는 말이었다. 부모에게서 물려받은 힘을 무시할 수 없다 보니, 대마족이란 호칭은 대를 이어 전해지는 경우가 많았다.

모르스도 같은 이유로 죽음을 관장하는 신이 된 것이었
는데, 뒤틀린 외모 탓에 열등감이 심했다. 그러다 보니 대
마족의 피를 잇지 못했으면서도 자신보다 강한 데스 같은
자를 만나면 혈통 외엔 내세울 것이 없어 그것에 더욱 집착
하곤 했다.

"제가 가장 이해할 수 없는 건 사령관님을 천것 출신이
라 칭하며 멸시하는 부분입니다. 사령관님께선 스스로의
힘으로 대마족이 되신 분입니다. 이 얼마나 위대하고 멋
진 일입니까? 전대 마황께서도 그걸 높이 사셔서 친히 아
들로 삼으신 분이 바로 사령관님이십니다. 그런데 고작 저
따위 힘을 가지고 위세를 떨다니요. 주제를 너무 모르십니
다."

"너, 너……!"

아몬의 감긴 눈이 이럴 때는 좋았다. 부들부들 떨며 삿대
질하는 모르스를 못 본 척 무시하며 그가 말을 이었다.

"마계는 철저한 약육강식의 세계입니다. 이참에 깔끔하
게 목숨 하나 거두시고, 서열 5위로 올라서시는 게 어떠십
니까? 그럼 저도 덩달아 서열 10위가 될 테니, 좋은 게 좋
은 거 아니겠습니까?"

당사자를 면전에 두고, 그것도 미소까지 지으면서 아몬
이 험악한 말을 잘도 뱉어 냈다.

만약 이곳에 데스가 없었다면 아몬이 이 같은 말을 하지도 않았겠지만, 그랬더라면 모르스는 결코 아몬을 가만두지 않았을 것이다.

데스에게 상대가 되지 못할 뿐, 모르스는 엄연히 서열 5위의 대마족이었다. 아무리 아몬이 뛰어난 마력을 지녔다고 해도 서열 11위가 5위를 넘어서기란 요원한 일이었다.

마계는 강자만이 살아남는 곳이다. 그런 곳에서의 서열은 무력 순으로 정해지는 것이 보편적이나, 데스는 예외였다. 그가 마황을 능가하는 마력을 갖고도 서열 9위에 머물러 있는 것은 그저 귀찮아서였다.

태생적으로 뭔가를 책임지는 것을 싫어하는 데스는 마황이 되느니 마계를 전부 쓸어버리겠다는 말로 모두를 공포에 몰아넣은 전적도 있었다.

그를 조금이라도 아는 마족이라면 그 말이 진심이라는 것도, 능히 그럴 수 있다는 것도 잘 알기에 마계 총사령관이란 직위를 데스에게 맡기는 것으로 정리했다. 다른 것으로는 일절 성가시게 하지 않겠다는 조건까지 내걸면서 말이다.

"지금도 귀찮아 죽겠는데, 그러다 더 귀찮아지면 어쩌려고? 됐어."

좌아아아하학!

데스의 날개가 사라졌다. 어느새 화가 가라앉은 그가 터벅터벅 본래의 자리로 돌아갔다.

크루델리스가 아몬을 힐긋 쳐다보았다. 아무도 못 말리는, 심지어 마황인 자신의 말조차 듣지 않는 데스를 유일하게 설득할 수 있는 그가 있어 다행이었다.

모르스의 심기를 어지럽히는 말을 하긴 했지만, 그게 그만의 방식임을 모르지 않았다. 아몬이 아니었다면 분명 피를 보고도 남았으리라.

'데스 녀석이 언제쯤 정신을 차리려는지.'

나이를 먹을수록 철이 들기는커녕 더욱 엇나가기만 하는 동생을 바라보며 크루델리스는 남모를 한숨을 깊게 내쉬었다.

"용건이나 빨리 말해. 나 다시 가 봐야 하니까."

"어지간히도 거기가 좋았나 보구나. 금방 이렇게 얌전해지다니 별일이군."

마황이 시작하라며 모르스에게 눈짓했다. 모멸감과 수치심으로 분노가 극에 달한 상태이지만, 그는 명을 따를 수밖에 없었다.

'실컷 고대하고 있어라. 돌아가면 널 맞아 줄 녀석은 이미 내가 거둬 간 후일 테니까. 그때 내게 와서 싹싹 빌어도 소용없을 것이다.'

다가올 미래를 상상하자 조금은 분이 풀렸다. 로브 속 모르스의 입가가 기이한 각도로 휘어지며 품속에서 무언가를 꺼냈다.

"레어에서 정식으로 문건이 넘어왔다."

툭!

모르스가 두꺼운 종이 뭉치를 테이블 위로 던졌다. 알아서 펼쳐 보라는 뜻이었다.

"레어? 거기서 왜?"

"네놈이 인간계에서 그리 설치고 다니는데 연락 없는 게 더 이상하지 않나?"

"내가 밥만 먹고 왔다고 말했을 텐데."

"그 말을 나보고 믿으라고?"

모르스가 어처구니없다는 듯 비아냥거렸다.

"네가 믿거나 말거나 그건 관심 없고. 로드랑 만나서 이미 얘기 끝냈거든?"

"…로드를 만나?"

크루델리스가 의아해하자 아몬이 라예가르를 만났던 일에 대해 간략하게 보고했다.

"들었지? 우린 아무 문제 없다니까? 아몬이 조약 사항을 언급하며 깔끔하게 물리쳤다고. 로드도 인정한 마당에 무슨 서류? 내 얘기 쓰여 있는 거 맞아?"

"읽어 보면 알 거 아냐."

데스가 본인이 왜 그래야 하냐며 인상을 찌푸리자 아몬이 대신 나서 급히 읽어 내렸다.

"···진짠데요?"

아몬이 데스의 눈앞에 서류를 펼쳤다. 바율이었다면 알아볼 수 없는 문자로 적혀 있었지만, 데스가 읽는 데는 아무런 지장이 없었다.

"그 자식 미친 거 아니야? 내가 하인으로 취직한 이유도 전부 얘기해 줬건만, 이딴 걸 왜 보내? 자기가 항의하면 뭘 어쩔 건데?"

"···설마 좀 전에 나에게 했던 말을 로드에게도 다 했다는 거냐?"

"나의 무고함을 알리려면 별수 있나?"

데스의 천연덕스러운 대꾸에 마황이 뒷골을 잡았다. 망신도 이런 망신이 없다. 한낱 먹을 것 때문에 마계의 위신을 밑바닥으로 떨어뜨린 셈이지 않은가.

안 그래도 마계를 경멸하는 그들에게 책잡힐 건수가 하나 더 늘었다.

"조약을 거론할 때는 깨갱 해 놓고 왜 이제 와서 지랄이래? 설마 그때 말귀를 못 알아 처먹은 건가?"

"그런데 사령관님, 여기엔 로드의 표식이 없습니다."

서찰을 두어 번 더 살펴보던 아몬이 지적했다.

"보통 이런 문건에는 로드의 인장이 찍혀 있어야 합니다. 공식적으로 보내는 게 맞는다면요. 한데 이 서류에는 없네요."

"그럼 로드가 보낸 게 아니라는 소리야?"

"아마도 그렇지 않을까요?"

아몬의 대답에 마황의 눈길이 모르스에게 옮겨 갔다. 그럼 넌 대체 이걸 누구에게서 받았느냐는 무언의 물음이었다.

"…저도 정확하게는 알지 못합니다. 그저 공식 서류가 접수되었기에 들고 왔을 뿐입니다……."

"로드의 인장도 없는데 어떻게 공식 서류라는 말씀입니까?"

아몬이 따지듯 묻자 모르스가 주춤하는가 싶더니 강한 어투로 말했다.

"폐하, 어찌 되었든 데스가 협약을 깬 것은 사실입니다. 오랫동안 마계를 비우고 인간계에 있었던 것은 틀림이 없지 않습니까? 얕은수로 로드를 잠시 현혹했을 뿐, 이 이상 인간계에 머문다면 분명 또다시 정식으로 항의가 들어올 것입니다. 그들의 분노를 절대 가벼이 여기시면 아니 됩니다!"

"멍청한 놈. 현혹은 개뿔!"

"뭐, 뭐야?"

"로드라는 존재가 그런 걸 당하겠냐? 아몬의 대처가 사리에 맞으니까 넘어간 거지, 생각이 그렇게 짧아서 어디다 써먹어? 미련함이 어째 날로 진화해 가는군."

"…네가 한 짓은 충분히 문제가 되는 일이다! 그들과 전쟁이라도 나면…….."

"내가 전부 없애 버리겠지. 그들도, 이 마계도."

데스의 눈동자에 붉은빛이 피었다가 금세 사그라졌다.

"그리고 너나 설치지 마. 인간계에 장난질을 치는 건 내가 아니라 너잖아."

"…그게 무슨 소리야! 내가 언제 뭘 했다고?"

"인간계에서 너와 계약한 자를 어쩌다 만났거든. 너랑은 다르게 꽤 미남이던데, 얼굴 바꿔치기라도 할 생각인가?"

"데스, 그만하고 나가 봐."

데스의 이죽거림에 모르스가 발작하기 전, 크루델리스가 명령했다. 피곤한 상황은 이미 충분히 경험했다. 그도 인내심에 한계가 있었다.

"이 건에 대해서는 잠시 알아볼 테니까 대기하고 있어."

"기다리라고?"

"그리 길지는 않을 거다."

어쨌든 바로 돌아가지는 못할 거라는 뜻이었다. 그것은 다시 말해, 한동안 망할 바르의 음식을 계속 먹어야 한다는 의미였다.

　"차라리 굶는 게 낫지."

　"리타 양이 몹시 보고 싶군요."

　처소로 돌아가며 데스가 중얼거리자 울상이 된 아몬이 격하게 동의를 표했다. 마계에서 지내는 시간이 지옥 같았다.

Chapter 6.
황태자 암살 사건

1.

바율은 강력한 우승 후보였던 라이건을 꺾고 일회전을 멋들어지게 통과했다. 이후로 바율에겐 거의 적수가 없었다.

예고된 파란이었다. 거듭되는 바율의 승리에 친히 응원을 나온 황태자와 친구들은 물론, 관중들의 호응 역시 대단했다.

란데르트 공작의 아들이라는 타이틀 때문인지 바율이 이길 때마다 열광적인 소리가 터져 나왔다.

문제는 이노센트였다.

바율의 연이은 승리에 흥분한 그녀가 호수 위를 날아다니며 춤을 추는 바람에 난데없는 물 쇼(?)가 펼쳐진 것이다.

바람이 크게 불지도 않는 상황에서 잔잔하던 수면이 요동치며 마치 분수처럼 호수가 솟구쳤다. 당연히 사람들은 놀라서 비명을 터뜨렸고, 한순간 주변이 아수라장이 되었다.

'이노센트!'

덕분에 집중력이 흐트러진 바율은 고비를 맞을 뻔했으나, 워낙에 상대와의 격차가 컸기에 무난히 4강에 안착했다.

준결승전과 결승전은 축제의 마지막 날인 내일 있을 예정이었다.

오늘 밤이 무사히 넘어간다면 말이다.

휘익— 휘익—

휘영청 밝은 달이 밤하늘에 떠올랐다. 그 달빛 아래 새인지 무엇인지 모를 거대한 그림자들이 속속 아카데미의 담장을 넘었다.

그들의 움직임은 대단히 은밀하고 조직적이었다. 가을에 접어들며 아카데미 교정엔 낙엽이 즐비했는데, 그 위를 지나치면서도 아무런 소리가 들리지 않았다.

그들은 목적지가 다른 듯 어느 순간 두 개의 무리로 흩어졌다. 그리고 한 치의 망설임도 없이 어딘가를 향해 빠르게 이동했다.

2.

"바율, 축하해."

축제의 이튿날을 성공적으로 마무리한 학생들 대부분이
내일을 위해 각자의 기숙사로 이르게 복귀했다. 원래대로
라면 바율도 그래야 했지만, 의전의 마무리를 위해 황태자
와 기숙사 주변을 거니는 중이었다.

"감사합니다, 황태자 전하."

"실력이 어마어마하던데? 예상은 했지만, 그 이상이었
어."

"운이 좋았습니다."

"첫판부터 그런 상대를 만났는데 운이 좋았다고?"

린데만 황태자가 바율의 대꾸에 말도 안 된다는 듯 웃음
을 터뜨렸다.

"지나친 겸손은 간혹 무례하게 느껴질 때가 있다고 하지."

"그렇게 느끼셨다면 송구합니다. 저는 그런 뜻으로 드린
말씀이 절대……."

"알아, 아닌 거. 그리고 내가 하고 싶은 말은 그 반대야. 바
율 네게는 그런 게 전혀 느껴지지 않아서 웃음이 났던 거고."

그렇다면 다행이었다. 바율은 순간 자신이 실수라도 했
나 싶어 가슴이 철렁했다.

"낮에 에이단이 그러더군. 좋아하거나 관심이 있는 것에는 모든 게 수준급 이상의 실력인데, 그걸 본인만 모른다나?"

"…제가 말입니까?"

"주위에 비교할 대상이 별로 없었다면서?"

"그게…… 형이 워낙에 뛰어났었거든요."

머뭇거리던 바율은 솔직하게 답했다.

린데만 황태자도 알고 있었다. 바율은 쌍둥이로 태어났고, 녀석의 형이 일찍이 사고로 죽은 것을.

당시 란데르트 공작은 아들을 잃은 충격으로 한동안 도당 회의에 참석하지 못했었다. 제국의 대신으로서 막중한 책임을 지닌 그이지만, 그때만큼은 황제도 모든 것을 용인했다.

란데르트 공작이 아들을 떠나보낸 이후 처음 황도를 찾던 날을 린데만 황태자는 아직도 선명히 기억하고 있었다.

공작은 그의 우상이었다. 늘 당당하던 그 우상의 눈빛에서 슬픔과 허탈함을 발견하고 그 역시 마음이 많이 아팠다.

당시 황태자의 나이가 열여섯이었으니, 바율은 고작 열네 살이었을 것이다. 형제를, 그것도 쌍둥이 형을 잃어버린 비통함이 얼마나 클지, 그는 차마 짐작조차 안 갔다.

"모든 면에서 월등하던 형이었습니다. 저는 그런 형을

따라가는 것만으로도 벅찼지요."

"…이름이 바일이라고 했던가?"

"네, 황태자 전하. 몸이 약한 저를 대신해서 이리저리 뛰어다니느라 바빴을 텐데도, 뭐 하나 못 하는 게 없었습니다."

"우수한 형 밑에 가려졌던 동생이 알고 보니 숨겨진 실력자였다, 뭐 이런 이야기네."

죽은 형을 떠올려서일까?

바율의 안색이 급격하게 어두워졌다. 해서 황태자는 부러 목소리 톤을 높이며 화제를 돌렸다.

"혹시 들었어? 에이단과 내가 내기한 거."

"…내기는 헤이즈 경과 하신 것 아닙니까?"

헤이즈는 뒤쪽 어딘가에서 둘을 천천히 따라오고 있을 터였다. 바율이 힐긋거리며 돌아보자 황태자가 검지와 중지를 펼쳤다.

"그 둘 모두와 내기를 했지."

헤이즈와는 승마 대회의 우승자를 두고 각자의 소원을 내기로 걸었다. 그건 바율 역시 아는 바였다.

"에이단과는 어떤 내기를 하신 겁니까?"

설마 날 두고 한 건 아니겠지? 오늘 체스 대회가 시작되었기에 바율은 혹시나 싶었다.

"봄이 되면 황도에 비가 내릴 거라고 확신하더군."

"…비요?"

"응, 네 고향 해밀턴과 달리 황도가 가뭄으로 몸살을 앓고 있는 건 알고 있지? 지독한 건기 때문에 물이란 물은 죄다 말라 가고 있어."

지금까지는 어찌어찌 버티어 냈지만, 이런 가뭄이 계속된다면 앞으로는 어떻게 될지 장담할 수 없는 상황이었다.

"캐링스턴은 참 축복받은 도시야. 그래서 내가 좀 많이 부러워했거든."

그건 바율도 마찬가지였다. 지금은 그 이유까지 알고 있었다. 정령석의 존재. 그것의 유무가 날씨의 좋고 나쁨을 결정지었다.

"그랬더니 에이단이 대뜸 내기를 제안하더군. 마치 말만 하면 비를 내려 줄 친구라도 있는 것처럼 말이야."

"…아하하, 그런 내기를 하셨군요. 꼭 에이단의 바람대로 되었으면 좋겠네요."

"바율은 뭐 아는 거 없어?"

"아, 아는 거요?"

"뭔가 비밀을 숨기는 듯한 느낌이었거든. 그게 뭔지, 넌 알고 있지?"

알다마다. 그 비를 내려 줄 친구라는 게 자신이 아니고 누구겠는가.

'에이단, 너 정말!'

하루 종일 황태자를 보필하느라 피곤했을 친구들을 위한다고 먼저 보낸 것이 후회되는 순간이었다. 뜨끔한 마음에 바율이 우물쭈물 대답을 회피하자 린데만 황태자의 눈이 가늘어졌다.

"역시! 내 감이 맞았어. 뭐야? 얼른 말해 줘."

"…송구하오나 황태자 전하, 그에 대해선 저도 아는 바가 전혀 없습니다."

"아닌데. 방금 전 아는 바가 아주 많을 것 같은 표정이었는데."

어려서부터 사람을 꿰뚫어 보는 재능 하나만큼은 타고난 황태자였다. 그의 자리에서는 사람을 가려내는 일이 매우 중요했다. 실제 제왕학 중에는 그러한 것을 배우고 판별하는 능력을 기르는 수업도 존재했다.

"황태자 전하께서 뭔가 오해를 하신 것 같습니다……."

바율은 일단 오리발을 내밀기로 했다. 그의 입장에서 황태자에게 말할 수 있는 건 아직 아무것도 없었다.

다만 내년 봄, 황도에 비가 내릴 거라는 에이단의 말은 지켜 주고 싶었다. 그때까지 정령들을 승급시키고, 열심히 연습하면 조금이라도 도움이 될 것이다. 그런 날이 오기를 누구보다 바라는 것이 바율, 그 자신이었다.

"흐음, 황궁에서랑 비슷한 얼굴이네."

"……?"

"주전자와 나무줄기 말이야. 나 아직 그거 안 까먹고 있어. 언젠가 말해 주기를 기다리고 있다고."

완전히 잊고 있었다. 사절단으로 베르가라에 방문했을 때, 뜨거운 찻물과 천장의 넝쿨로 퀸을 비하하는 자레드와 세자리오에게 응징을 가했었다. 갑작스러운 사태에도 침착한 바율의 모습에 의심을 품은 황태자의 눈초리는 당시에도 날카로웠었다.

"이번에도 말해 주기 곤란한 모양이지? 알겠어. 한 번 더 참아 보기로 할게."

강요한다고 해서 바율이 말할 것 같지도 않았다. 린데만 황태자는 선심 쓰는 척 약속을 받아 냈다.

"대신 나중에 진짜로 다 설명해 주기다?"

"네, 황태자 전하. 꼭 그리하겠습니다."

그때가 언제가 될지는 모르겠으나, 지금은 황태자의 의혹을 벗어나는 것이 더 급했다. 바율은 이전처럼 그러겠다고 약조했다.

"근데 에이단은 무슨 소원을 빌려나?"

"헤이즈 경과의 내기와 같은 조건을 거신 겁니까?"

"에이단이 그러자고 하더라고. 근데 예감이 꼭 내가 질 것 같거든. 명색이 황태자인데 약속은 지켜야 하지 않겠어?"

"아마 꼭 지키셔야 할 겁니다. 에이단이라면 절대 그냥 넘어가지 않을 테니까요."

"그렇지? 내 눈에도 그렇게 보였어. 생긴 것과 다르게 독할 것 같더라."

얼굴만 보면 귀여워서 쓰다듬고 싶은 외양이었다. 하지만 성격은 누구보다 대차고 과감하다. 승마 실력 역시 의외였다.

"황태자 전하께서는 어떤 소원을 말씀하실 건가요?"

"에이단에게?"

"아니요."

"아…… 에이단이 승마에서 우승할 시에 말인가?"

"네."

모든 대회의 결과는 축제의 마지막 날인 내일 결정된다. 바율의 체스 경기도, 에이단과 로건이 출전한 장애물 경기도 전부 내일이 와야만 그 끝을 알 수 있었다.

"글쎄. 생각해 둔 것이 있긴 한데, 내가 그걸 지금 말해야 할 이유가 있나?"

"…아니요, 그렇진 않습니다."

바율은 순간 자신이 실언했음을 깨달았다. 남녀 간의 일이었다. 그런 것을 묻는 것은 실례였고, 설사 듣게 되더라도 민망할 수 있는 문제였다.

에이단의 소원을 궁금해하는 황태자 때문에 자연스럽게 물어봤을 뿐, 사실 바율도 그다지 알고 싶지는 않았다.

"소원인데 다른 사람한테 먼저 말해 버리면 맥 빠지잖아. 헤이즈 경이 듣기라도 하면 난감하지 않겠어? 그런 건 미리부터 알아서 좋을 게…… 어라? 헤이즈 경?"

바율과 대화 중에 뒤를 돌아보던 황태자가 깜짝 놀라며 발걸음을 멈췄다. 아닌 게 아니라 헤이즈가 다급하게 뛰어오고 있었던 것이다. 달빛에 반사되어 빛나는 그녀의 아름다운 얼굴이 더없이 심각했다.

"황태자 전하, 당장 피하셔야 합니다!"

"피하다니요? 제가 왜……."

황태자의 말은 끝을 맺지 못했다.

쇄애애액!

어디서 뭔가가 날아오는 소리가 들렸기 때문이다.

캉!

황태자의 앞을 가로막으며 헤이즈가 황급히 검을 뽑았다. 날카로운 창칼이 부딪치는 쇳소리가 묵직하게 주변을 울렸다.

헤이즈의 검에 막혀 튕겨 나간 것은 사면이 예리하게 벼리어진 자그마한 암기였다.

"기습입니다! 제 뒤에 서십시오!"

헤이즈의 외침이 끝나기가 무섭게 거리를 두고 호위 중이던 황실 기사단과 만월 기사단이 황태자와 바율을 둘러쌌다.

"대, 대체 무슨……!"

바율은 정신이 없었다. 이게 지금 무슨 상황인지 당최 이해가 되지 않았다.

그에 반면 황태자는 매우 침착했다. 마치 자주 있던 일이기라도 한 듯 진중한 눈빛으로 빠르게 주위를 훑었다.

"러스티! 가서 이언 선배를 데려와. 최대한 빨리!"

헤이즈가 명령하자 만월 기사단 중 한 명이 비호같이 날아갔다. 이언은 저녁 식사를 마치고 휴식을 위해 헤이즈와 교대한 상태였다.

'하필이면 이언 선배가 없는 이때…… 설마 노린 것인가?'

빠른 속도로 살기가 불어나고 있었다. 예감이 좋지 않다.

휙— 휙— 휙—

흑색 무복 차림을 한 일단의 무리였다. 정체를 숨기기 위함인지 복면으로 얼굴을 가린 자들이 별안간 그들 앞에 나타났다.

바율은 그제야 자신이 어떤 상황에 처했는지 알 것 같았다. 그리고 아무것도 모르는 그가 보기에도 상대가 결코 만만치 않을 것임을 직감했다.

헤이즈가 이언을 불러오라 명했다. 그게 뜻하는 바는 하나였다. 이대로는 황태자를 안전하게 지켜 내지 못할 수도 있겠다고 판단한 것이다.

전에 없이 긴장한 헤이즈의 옆얼굴을 바라보며 바율은 침을 꿀꺽 삼켰다.

감히 어느 누가 황태자에게 이런 짓을 벌이려는 것일까?

이건 반역이자 엄청난 범죄였다.

"황태자의 목을 끊어라!"

슬금슬금 간격을 좁혀 오던 복면인들이 누군가의 명에 뛰어올랐다.

"손속에 사정을 두지 마라!"

헤이즈도 질세라 크게 외치며 가장 먼저 앞서 복면인을 베어 나갔다.

헤이즈의 검은 한 치의 망설임도 없었다.

최대한 빠르게 작금의 사태를 해결해야 했다. 그게 불가능하다면 이언 선배가 올 때까지는 어떡해서든 버텨야 했다.

창!

복면인이 헤이즈의 검을 막는 것과 동시에 남은 한 손을 등 뒤로 뻗었다. 그의 어깨 너머로 또 다른 검 자루가 그녀의 눈에 들어왔다.

'쌍검?'

아니나 다를까.

쑤아아악!

새로운 검이 헤이즈의 정수리를 향해 무섭게 내리꽂혔다. 헤이즈는 재빨리 검을 틀어 머리를 보호했다.

"……!"

그런 그녀의 눈이 순간 부릅떠졌다. 복면인의 검날이 갈고리 모양으로 심하게 구부러져 있는 것을 뒤늦게 발견한 탓이다. 쇼텔이란 이름의 검이었다. 공격을 막는다고 해도 휘어진 날의 끝부분이 그녀를 찔러 올 터였다.

'황태자 전하!'

평소라면 충분히 피할 수 있는 상황이었다. 하지만 지금 헤이즈가 피하게 되면 황태자로 향하는 길목이 열리게 된다. 그건 안 될 얘기였다.

'그렇다면.'

헤이즈는 자신의 검으로 쇼텔을 밀어내며 아예 복면인의 품으로 파고들었다.

퍽!

그러면서 검을 쥔 손으로 상대의 턱을 가격했다.

"큭!"

서걱!

복면인이 휘청거리며 뒤로 밀려나는 순간, 헤이즈의 검이 무서운 속도로 그의 목을 베었다. 복면인은 비명조차 지르지 못한 채 그대로 절명했다.

"컥!"

"크윽!"

곳곳에서 황실 기사단과 만월 기사단의 신음이 터졌다. 잘 대처한 헤이즈와 달리 기이한 곡면을 가진 쇼텔의 검날에 미처 방비하지 못하고 허를 찔린 것이다.

"적들이 쇼텔을 쓴다! 모두 방심하지 마라!"

수하들에게 경고를 날린 헤이즈는 조용히 다가오는 복면인들을 노려보며 입술을 지그시 깨물었다.

쇼텔은 먼 옛날, 끊임없이 전쟁이 일던 시기에 전장에서 병사들이 사용하던 검이었다. 그러나 지금은 소수의 용병들이나 쓰지, 거의 사장된 것이나 다름없었다.

복면인들은 그런 무기로 암습을 강행했다. 몸에 익은 듯 자연스럽고 능란한 동작들로 보아, 정체를 숨기기 위한 임시방편이 아니었다. 적지 않은 세월 동안 쇼텔을 수련한 것이 분명했다.

그 말인즉슨 황태자를 암살하는 데 오랜 시간 공들여 준비했다는 것을 의미한다. 놈들은 반드시 오늘 안에 끝장을 볼 생각일 것이다.

쐐애애액—

쇼텔이 다시금 헤이즈의 몸통을 노리며 달려들었다. 그녀가 허리를 젖혀 아슬아슬하게 그것을 피했다.

쑤아악!

그런 헤이즈의 눈앞으로 또 다른 쇼텔 한 자루가 뚝 떨어지고 있었다. 두 복면인의 합공이었다. 보통의 기사라면 절대 피하기 힘든 절묘한 합공술이었다.

하지만 헤이즈는 보통의 기사가 아니었다. 그녀가 날렵하게 위기를 모면하며 빈틈을 찾아 검을 휘둘렀다. 매서운 검의 궤적에 복면인들이 약속이라도 한 듯 동시에 훌쩍 뒤로 물러났다.

'끄응!'

둘의 합공을 보자 생각은 더욱 확고해졌다. 이날이 오기만을 기다리고 또 기다리며 연마해 온 것이 틀림없다. 아마도 큰 출혈을 피하기 어려울 듯하다.

무엇보다 상대의 수가 너무 많았다. 만월 기사단을 더 데려오지 못한 것이 실수라면 실수였다.

현재로선 이언 선배를 기다리는 수밖에 없다.

그가 속히 도착하기를 바라며, 헤이즈가 검을 쥔 손아귀에 힘을 주고 다시 세차게 나아갔다.

"흐음."

그 모습을 멀찍이서 지켜보던 반다인은 묵직한 침음을 삼켰다. 기습 공격으로 우선 기선을 잡고, 그다음에는 쇼텔이 지닌 이점을 이용해 기사들을 압박할 계획이었다.

하지만 만월 기사단은 역시 달랐다. 당황도 잠시, 이내 쇼텔의 검 궤적에 빠르게 적응해 대응하고 있었다.

특히나 헤이즈란 저 여기사.

조사를 통해 이미 알고는 있었으나 예상한 것 이상이었다.

서걱!

푸학—

"끄악!"

"으아악!"

그녀의 움직임 하나에 수하 서넛이 쓰러져 나갔다. 본국에서 내로라하는 실력자들로 추리고 추려서 왔음에도 압도적인 무력 차이였다.

'결국 내가 나서야 하는가.'

반다인의 시선이 헤이즈의 뒤쪽으로 향했다. 그의 시야에 검을 뽑아 든 황태자가 들어왔다. 그리고 그 옆, 겁에 질린 채 사방을 연신 두리번거리고 있는 소년. 바율을 향한 반다인의 눈빛이 깊게 가라앉았다.

'죽인다!'

더 이상 시간이 지체되면 일이 틀어질 수 있었다. 녀석의 수행 기사가 오기 전에 마무리를 지어야 했다.

차앙!

반다인이 마침내 칼을 뽑았다. 이 순간이 오기를 얼마나 고대했던가.

황태자는 그저 시선을 끌기 위한 미끼였다. 그의 진짜 목적은 자신의 대부를 고통 속에서 스스로 생을 마감하게 만든 원흉, 란데르트 공작의 하나뿐인 아들 바율이었다.

'란데르트 공작! 그대도 남은 평생을 영원히 고통 속에 살게 해 주겠다!'

팟!

수하 하나가 헤이즈의 검에 피를 뿌리며 쓰러졌다. 그 이상은 허락지 않겠다는 양 반다인의 신형이 튕기듯 쏘아져 나갔다.

"검의 궤적을 눈에 새겨라! 생소함만 이겨 내면 상대 못할 정도는 아니다!"

헤이즈는 칼날에 묻은 피를 털어 내며 소리쳤다.

"죽어라!"

그때 새로운 복면인 둘이 또다시 헤이즈를 향해 합공해 들어왔다. 그녀는 이전보다 더욱 부드러운 몸놀림으로 그들의 공격을 쳐 내며 선속하게 검을 그었다.

사아아악—

헤이즈의 검날이 복면인의 목을 자르려는 순간이었다.

깡!

한 자루의 검이 툭 튀어나와 그녀의 검을 가로막았다. 이제껏 상대하던 쇼텔이 아니었다. 헤이즈는 능숙하게 검과 검을 문대며 그것을 흘리려 했다.

카각! 카각!

한데 검이 그녀의 뜻대로 움직이지 않았다.

'플랑베르주!'

어둠 속에서 달빛을 베며 반짝이는 반다인의 검 역시 쇼텔만큼이나 기이한 모양을 지니고 있었다.

아름다운 물결을 가진 검날.

그 검날은 다른 검과 마주하면 짐승의 이빨처럼 검을 꽉 물고 놓아주지 않는다. 언뜻 보기에는 장식용 검이 아닌가 싶을 정도로 아름다운 형태를 띠고 있지만, 그 아름다움 속에 흉포함이 담긴 살검 중의 살검이었다.

'다음은 또 어떤 검이 등장할지 궁금할 지경이구나!'

헤이즈는 손목을 비틀어 검을 눕혔다. 그녀는 그 상태로 검을 흘리며 곧장 플랑베르주를 든 복면인의 가슴을 베려 했다.

"……!"

상대의 검이 묘하게 비틀린 것은 그때였다. 느슨했던 검과 검 사이가 순식간에 빡빡하게 채워지며 헤이즈의 검이 플랑베르주의 이빨에 다시 꽉 물려 버렸다.

'이자!'

헤이즈의 눈동자가 복면인, 반다인에게로 향했다.

'그냥 암살자가 아니다!'

단 일 수였지만 검의 이리를 아는 자임이 분명했다. 지금껏 싸우던 놈들과는 차원이 다른 솜씨였다.

헤이즈는 마나를 일으켜 힘으로 상대의 검을 찍어 눌렀다. 하나 반다인의 검은 단단한 자물쇠처럼 그녀의 검을 놓아주지 않았다.

불길한 예감이 이자 때문이었나 보다. 상대가 자신보다 결코 하수가 아님을 깨달으며 헤이즈가 기합을 터뜨렸다.

"하앗!"

묵직한 그녀의 검이 일순 거대한 태산으로 바뀌는 듯했다. 엄청난 기세였다.

'과연. 제일의 여기사라 하더니.'

반다인은 철벽처럼 누르고 있던 검에 힘을 빼고, 마치 한 줄기 갈대처럼 유연하게 그녀의 검을 따라갔다.

'이대로 죽이기에는 아쉽군.'

순간 그런 마음이 스쳤지만, 말 그대로 스치는 마음일 뿐이었다. 현재로선 쓰러뜨리고 지나가야 할 적일 따름이었다.

반다인에게서 안광이 돋았다.

휙!

그가 폭발적인 힘으로 헤이즈의 검을 밀어내며 그녀의 가슴을 어깨로 들이박았다.

쿵!

처음으로 피하지 못했다. 엄청난 통증을 느끼며 헤이즈가 그대로 나가떨어졌다.

타핫!

반다인은 그녀가 방비할 시간을 기다려 주지 않았다. 그가 단숨에 거리를 좁히며 헤이즈에게 연이은 공격을 퍼부었다.

캉! 카캉! 캉캉캉!

균형이 무너진 상태였지만, 헤이즈는 마나를 끌어모아 반다인의 검을 막아 냈다. 일반인에게는 보이지도 않을 만큼 빠른 공방이 둘 사이에 펼쳐졌다. 마나가 튀고 바람이 몰아쳤다.

그렇게 얼마나 지났을까.

안타깝게도 반다인이 헤이즈보다 한 수 위였다. 쉴 새 없이 퍼붓는 그의 연타에 결국 기력이 쇠한 헤이즈가 다리에 힘이 풀리며 뒤로 주르륵 밀려났다.

탁!

뒤에서 누군가 지탱해 주지 않았다면 볼썽사납게 바닥을 구를 뻔했다.

"고맙다."

헤이즈는 검을 곧추세우며 누군지 모를 수하에게 감사를 표했다.

"천만에."

"……!"

하지만 뒤에서 들려온 목소리는 수하의 것이 아니었다. 익숙한 음성. 바로 린데만 황태자였다.

"화, 황태자 전하……!"

"아직 적이 앞에 있습니다."

놀라는 그녀에게 황태자가 경고했다.

찰나의 여유도 잠시.

쐐애애액!

반다인의 공격이 재차 들이닥치고 있었다. 헤이즈는 검을 세워 깊게 찔러 오는 반다인의 검을 막았다. 아니, 그러려고 했다.

스스스슷—

직선으로 뻗어 오던 반다인의 검이 갑자기 먹이를 노리는 한 마리의 거대한 뱀처럼 구불구불하게 움직였다.

"핫!"

헤이즈가 황급히 그 궤적에 맞춰 검을 휘둘렀지만, 반다인의 일 수가 더 빨랐다. 그의 검이 그녀의 검을 타고 넘어 헤이즈의 가슴으로 파고들었다.

본능적으로 신체를 옆으로 틀려던 헤이즈가 순간 멈칫했다.

그녀의 등 뒤.

그곳에 황태자가 있었기 때문이다.

반다인의 공격을 피하면, 그 검은 곧장 황태자를 향할 터였다.

선택은 하나였다. 헤이즈는 힘주어 이를 깨물며 자신을 노리고 들어오는 검을 향해 왼쪽 어깨를 내밀었다.

푹!

플랑베르주가 헤이즈의 어깨를 깊게 파고들었다. 말도 못 할 고통에 머리털이 쭈뼛 섰지만, 중요한 건 어깨를 내준 대신 반다인의 검을 잡아냈다는 것이었다.

"이얏!"

헤이즈는 반다인의 허리를 목표로 검을 베어 올렸다. 그러나 그녀의 검은 허공을 갈랐고, 이미 반다인은 그녀에게서 멀어진 후였다. 그가 한 줌의 머뭇거림도 없이 검을 놓아 버린 것이다.

"……!"

헤이즈의 심장이 덜컹 내려앉았다. 자유로워진 상대가 향할 곳은 뻔했다. 어느새 또 다른 검을 손에 쥔 반다인이 빠르게 황태자를 공격했다.

"흐압!"

검술이라면 황태자도 그간 연마를 게을리하지 않았다. 하지만 상대는 헤이즈조차 이기지 못한 고수였다.

카강!

반다인은 황태자의 검을 너무나 간단하게 무력화시켰다. 단 한 번 부딪쳤을 뿐인데 황태자는 손바닥이 찢기며 허무하리만치 쉽게 검을 놓치고 말았다.

"큭!"

그 순간 반다인의 눈빛이 반짝였다. 황태자의 바로 뒤, 그곳에 바로 그가 원하는 바율이 서 있었기 때문이다.

다시없을 기회였다. 둘을 한꺼번에 자연스럽게 해치우기 위해 그의 검이 호선을 그리며 날아갔다.

"안 돼!"

헤이즈가 비명을 지르며 어깨에 검이 꽂힌 채 뛰어올랐다. 극심한 통증에 그녀의 신형이 흔들렸다.

'이대로 죽는 것인가.'

린데만 황태자에겐 상대의 검을 피할 재간이 없었다. 그의 눈에 절규하며 달려오는 헤이즈가 보였다. 이 와중에도 그는 그녀가 멋져 보였다. 그리고 무엇보다 어깨의 부상이 신경 쓰였다.

쏴아아악—

그때였다. 반다인의 검이 황태자의 목에 닿기 직전, 별안간 후끈한 기운이 그를 덮쳤다.

"아악!"

온몸에 전해지는 뜨거운 열기에 반다인은 자신도 모르게 신음을 토하며 후다닥 뒤로 물러났다.

'뭐지?'

처음엔 그저 작은 불씨 정도였다. 그것이 점점 커지더니 어느 순간 인간의 형상을 띠었다.

기괴한 일이었다. 마족과 계약한 반다인도 이런 건 본 적이 없었다. 난데없이 온몸에 불이 붙은 소녀가 나타나 그를 매섭게 노려보고 있었다.

소녀는 지면을 밟고 있지 않았다. 놀랍게도 매우 안정적인 자세로 허공에 떠 있었다.

'불로 만들어진 인간인가?'

그런 게 존재한다는 얘기는 들어 보지 못했지만, 반다인이 지금 할 수 있는 상상은 그것이 한계였다.

소녀의 전신을 화염이 뒤덮고 있었다. 그럼에도 그녀의

얼굴에 고통의 그림자가 느껴지지 않는다. 불의 정령인 스피넬은 그 자체로 불이었지만, 그걸 알 리 없는 반다인은 그간 자신이 몰랐던 새로운 이종족이라고만 생각했다.

스슥—

장내는 갑작스럽게 등장한 스피넬로 인해 의도치 않게 전투가 멈춰진 상태였다. 그 틈을 이용해 복면인 하나가 은밀하게 움직였다.

피융!

스피넬은 그저 고개를 돌려 상대를 쳐다보았을 뿐이었다. 하지만 그 순간 그녀의 손에서 섬광이 번쩍이며 복면인을 향해 뭔가가 빠르게 날아갔다.

미처 피할 겨를도 없었다. 날아오는 그것을 막아 보겠다고 복면인이 쇼텔을 힘껏 휘둘렀지만 헛수고였다.

화르륵!

순식간에 복면인의 몸에 불길이 치솟았다.

"끄아아악!"

인간이 느끼는 고통 중에서 가장 아픈 것이 작열통이라고 하였다. 몸이 불에 타들어 가는 고통. 그 지독한 통증에 복면인이 비명을 지르며 바닥을 뒹굴었다.

오늘따라 밤하늘엔 유난히 밝은 달이 떠 있었다. 그 아래, 온몸을 비틀며 한 사람이 괴롭게 죽어 가고 있었다. 탄

내가 진동한다.

예상치 못한 장면이었기 때문일까. 적들이 처음으로 동요하는 기색을 비쳤다. 복면에 가려져 얼굴을 볼 순 없었지만, 확실히 기세가 꺾인 게 느껴졌다.

반다인이 터벅터벅 걸어갔다.

푹!

그리고 죽어 가는 수하의 가슴에 검을 꽂았다. 고통을 덜어 준 것이었다.

'잘 가거라.'

죽은 수하를 잠시 묵묵하게 내려다보던 반다인이 천천히 검을 회수했다.

화아악!

그러자 마치 기다렸다는 듯 수하의 몸에 붙은 불길이 화락 그의 검을 타고 올라왔다.

반다인이 재빨리 검을 털었지만, 검면을 타고 오르는 불은 끈적이는 풀처럼 좀체 떨어지지 않았다.

팡!

결국 반다인은 마나를 사용했다. 검에 마나를 두른 채 허공에 세게 내리치자 손잡이까지 차오르던 불길이 그제야 작은 불씨가 되어 공중으로 흩날렸다.

"누구냐, 넌?"

반다인이 참지 못하고 싸늘한 목소리로 물었다. 그러나 그에 스피넬이 순순히 대답할 거라고 여겼다면 그건 대단한 착각이었다.

그녀는 바율에게 황태자를 구하라는 명을 받았다. 그것은 다시 말해 반다인을 포함한 복면인 전부를 없애라는 뜻이었다.

"······!"

섬뜩한 살기가 쏘아졌다. 반다인은 반사적으로 뒤를 향해 몸을 날렸다.

콰앙!

약간의 차이로 그가 서 있던 자리에 거대한 불덩이가 날아와 꽂혔다. 조금만 늦었더라면 그 불은 반다인의 몸에 날아와 붙었으리라. 그랬다면 지금쯤 방금 전 그가 죽인 수하와 똑같은 꼴이 되었을 것이다.

'요망한 것!'

마법은 아니었다. 주문도 없이 이런 걸 행할 수 있는 마법사는 어디에도 없다. 더 큰 피해를 입기 전에 서둘러 죽여야 했다.

"저 아이는 내가 맡겠다! 너희들은 어서 황태자를 처리하라!"

반다인이 머뭇거리는 수하들에게 명령했다. 그 역시 검

을 곧추세우며 스피넬을 향해 달려갔다. 잠시 소강상태에 빠졌던 전투가 다시 시작되었다.

'다들 잘 부탁할게!'

어깨에 검이 꽂힌 채로 복면인들을 상대하는 헤이즈를 안쓰럽게 바라보며 바율은 정령들에게 간절히 부탁했다.

그녀는 부상을 당한 상황에서도 단연 발군이었다. 어째서 아버지께서 그녀를 황태자의 호위로 보내셨는지 알 만한 대목이다.

스피넬의 등장에 황태자는 물론이고 황실 기사단과 만월 기사단도 상당히 놀란 눈치였다.

그러나 지금은 스피넬의 정체가 무엇인지 따질 겨를이 없었다. 다행히 그들의 편인 듯하니, 일단은 위기를 벗어나는 것이 먼저였다. 신비한 소녀가 누구인지 알아내는 것은 그다음이었다.

―밤중에 시끄럽게 왜들 이렇게 야단이야?

―바율을 화나게 만들다니! 너희 몽땅 가만 안 놔둘 거야!

이노센트와 템페스타였다. 녀석들이 각기 지닌 자신들의 장기로 복면인들에게 공격을 퍼부었다.

"커헉!"

"누, 누구냐!"

난데없이 물 화살이 튀어나오고 칼바람이 몰아치자 복면인들은 당황하지 않을 수 없었다. 물리적 피해는 입고 있는데, 공격의 실체가 누구인지 알 수 없으니 혼란스러움이 배가 되었다. 그들이 모르는 숨겨진 조력자가 더 있다는 것은 불길한 징조였다.

"…바율?"

전장을 살피던 린데만 황태자가 불현듯 바율의 팔을 잡았다.

"너…… 맞지?"

지난번 황궁에서도 그랬다. 갑자기 일어난 일에 모두가 놀라고 있는데 오로지 바율만이 침착하다. 녀석은 이번에도 상황이 이렇게 될 거란 걸 알고 있었던 것 같았다.

"……."

바율은 차마 답하지 못했다. 황태자가 바로 코앞에서 위험에 처하는 것을 보자 나서지 않을 수가 없었다. 뜻하지 않은 사태에 심장이 벌렁거릴 정도로 놀란 상태였지만, 이럴 때가 아니라는 생각과 함께 정신이 퍼뜩 들었다. 오직 황태자를 지켜야 한다는 생각만이 바율을 지배했다.

"근데 너…… 유령이라도 부리는 거야?"

"네?"

"저 불꽃 소녀는 그렇다 치더라도, 뭔가 이상해. 보이지 않는 어떤 것들이 더 있는 것 같단 말이야."

"아, 황태자 전하. 그것이……."

바율이 설명을 어찌해야 하나 망설이는 그때였다.

"누가 유령이라는 거야!"

템페스타가 불쑥 나타나 황태자의 얼굴에 대고 소리쳤다.

"헙!"

당연히 황태자는 놀라서 흠칫했고, 바율은 녀석을 꾸짖었다.

"템페스타! 황태자 전하께서 놀라시잖아! 갑자기 그렇게 모습을 드러내면 어떡해!"

"흥! 먼저 유령 취급한 건 이쪽이거든!"

그게 무슨 욕도 아닌데 템페스타가 발끈했다.

"정령한테 유령이라니! 이건 수치라고!"

"템페스타, 너……."

바율이 기가 막혀 말을 잇지 못하는 사이 템페스타가 황태자를 힐긋 노려보고는 획 사라졌다. 그러고는 마구잡이로 칼바람을 난사했다. 녀석의 화풀이에 애꿎은 황궁 기사단과 만월 기사단까지 영향을 받고 휘청거렸다.

"바율…… 방금 그게 뭐야? 내가 뭘 본 거지?"

"악!"

옆에서 황태자의 음성이 들려왔지만, 바율은 돌아볼 수가 없었다. 별안간 옆구리에서 찌르르한 고통이 느껴졌기 때문이다.

'스피넬!'

바율이 허리를 굽힌 채 급히 고개를 들어 반다인을 상대하고 있는 스피넬을 올려다보았다. 목격하지는 못했지만, 알 수 있었다. 반다인이 이번에야말로 스피넬에게 상처를 입힌 것이다.

인간이 아닌 스피넬은 피를 흘리지 않는다. 그녀는 아픈 내색은커녕 여전히 고고하게 반다인과 맞서 싸우고 있었다.

'옆구리의 화기가 다른 곳보다 약해졌어.'

바율이 보는 곳을 반다인도 보고 있었다. 그가 드디어 공격에 성공했다는 사실에 기뻐하며 속으로 웃고 있었다.

"이노센트!"

바율은 황급히 이노센트를 불렀다. 황태자를 지켜 내는 것도 중요하지만, 정령들이 다쳐서는 안 되었다. 지금 상황에서 녀석들은 흐름을 바꿀 수 있는 유일한 변수였다.

"물 화살을 날려! 스피넬을 도와야 해!"

중급 정령인 스피넬이 부상을 당할 정도면 엄청난 고수라는 얘기였다. 정령들을 총동원해서 맞서야 할 것이다.

반다인의 검이 스피넬의 약해진 부위를 겨냥해 다시금 날아갈 때, 이노센트의 물 화살이 빠르게 그의 검을 향해 쏘아졌다.

타앙!

물 화살이 검면을 치자 둔탁한 소음이 울리며 검과 함께 반다인의 신형이 흔들렸다.

하지만 그는 드와이어트 제국의 최고 기사였다. 용병왕 바라첼의 뒤를 잇는 최강의 검사가 바로 그였다.

반다인은 튕긴 검을 애써 회수하지 않고, 오히려 그 힘을 이용해 크게 회전하며 스피넬의 몸을 다시 베어 갔다. 적이 지만 감탄이 나올 만큼 물 흐르듯 매끄러운 움직임이었다.

화르륵!

스피넬이 불의 장막을 펼쳤지만, 마나가 깃든 그의 검은 거칠 것이 없었다. 스피넬의 패턴을 어느 정도 익힌 듯 그의 행보에는 자신감이 넘쳤다. 불의 장막마저 가른 반다인의 검이 끈질기게 스피넬을 따라붙었다.

　　"모든 검술의 기본은 하체다! 하체가 무너지면 검
　　도 무너진다!"

몸이 약한 바울은 검술을 배우진 못했지만, 형이 아버지께 가르침 받는 것을 따뜻한 볕에 앉아 구경하곤 했었다. 그때 아버지의 말씀이 불쑥 떠올랐다.

'그래, 하체!'

"셰임!"

바율이 이번에는 땅의 정령을 찾았다.

"땅을, 저자가 딛고 있는 저 땅을 흔들어 주세요!"

의지만으로도 소통이 가능했지만, 당황한 바율은 그런 것을 따질 정신이 없었다. 일단 급한 대로 말을 내뱉었다.

셰임은 답이 없었다. 하지만 바율의 말이 끝나기가 무섭게 반다인이 딛고 서 있는 지면이 쩍쩍 갈라지기 시작했다.

"흡!"

아버지의 말씀대로였다. 지진이라도 난 듯 땅이 갈라지자 반다인의 검이 흔들렸다. 그러나 그는 그 와중에도 스피넬을 향한 공격의 끈을 놓지 않았다.

"어떤 순간에도 눈을 감지 마라. 네 몸이 베여도,
설사 죽을 위기가 닥쳐도 눈을 감아서는 절대 안 된
다. 눈은 모든 공격과 방어의 첫걸음이다."

어린 형에게 내리던 아버지의 가르침.

"셰임, 템페스타!"

바율이 땅과 바람의 정령에게 동시에 부탁했다.

"흙을 저자의 눈에 뿌려!"

바율의 청에 갈라진 땅에서 즉시 고운 모래가 튀어나왔고, 바람 한 줄기가 그 모래를 실어 반다인의 얼굴에 흩뿌렸다.

"제길!"

눈앞에 갑자기 모래가 한가득 뿌려지자 반다인은 어쩔 수 없이 뒤로 물러날 수밖에 없었다. 모래 몇 알이 눈에 들어갔는지 따끔했다.

"보이는 것이 다가 아니다. 보이지 않는 적의 공격을 항상 염두에 두어라. 이는 상대를 노릴 때 역시 마찬가지다. 평범한 공격 속에 또 다른 한 수를 숨기어라."

'스피넬!'

바율의 생각이 스피넬에게 이어졌다. 바율의 전술을 읽어 낸 스피넬이 반다인의 주변을 불바다로 만들었다.

화아아아—

뜨거운 화마가 훅 밀려들자 반다인이 마나를 폭발시키며 검을 휘둘러 불을 잘라 냈다.

하지만 바율의 진짜 노림수는 따로 있었다. 스피넬의 머리 위로 두 자루의 불의 창이 떠올랐다. 그것은 시차를 두고 반다인을 향해 무서운 속도로 날아갔다.

쐐애액—

뜨거운 열기와 싸우고 있던 반다인은 본능적으로 몸을 틀었다.

콰앙!

간발의 차이로 그의 앞을 지나쳐 간 불의 창이 땅에 박히며 엄청난 폭음을 생성했다.

"……!"

한숨을 돌리기도 전, 남은 한 자루의 창이 반다인의 목을 노리며 날아가고 있었다. 이번엔 피할 새가 없었다. 반다인은 검을 휘둘러 불의 창의 창대를 후려쳤다.

그러나 힘이 온전히 담기지 못한 것일까.

사각!

"크윽!"

반다인의 목을 스치듯 베며 뒤로 날아간 불의 창이 근처의 분수대와 충돌하며 폭발했다. 잔해물이 사방으로 튀었다.

반다인이 목으로 손을 가져갔다. 피는 흐르지 않았다. 지독한 열기에 고통이 심했지만, 그보다는 살갗이 탄 냄새가 그를 몹시 불쾌감에 젖게 했다.

스피넬을 겨누어보는 반다인의 두 눈에 지금까지와는 비교할 수 없는 살기가 더해졌다.

"이 조가 돌아오지 않고 있습니다. 아무래도 당한 것 같습니다."

그때 복면인 하나가 다가와 반다인에게 보고했다. 그가 가라앉은 시선으로 장내를 훑었다. 생각 이상으로 시간이 지체되었다.

어떻게 얻은 기회인데!

찢어 죽여도 시원찮을 놈의 아들이 바로 눈앞에 있는데!

이대로 물러날 수는 없었다. 녀석의 수행 기사가 이곳에 도착하기 전에 끝내야 했다. 더 이상 수상한 기운에 당하고만 있을 수 없었다.

반다인의 눈빛이 바뀌었다. 무언가 결심이 서린 빛이었다.

'나와 함께 가자! 지옥으로!'

그가 가슴의 옷자락을 뜯어냈다. 그의 돌발 행동에 바율을 포함한 모두가 다들 멈칫했다. 갑자기 뭘 하려는지 알 수가 없었기 때문이다.

반다인의 한쪽 가슴에는 커다란 문신이 새겨져 있었다. 검은색 나뭇잎 모양 속에 로브를 뒤집어쓴 해골이 얼굴의 반만 내보인 채 서슬 퍼런 이를 드러낸 형태였다.

죽음의 신, 모르스.

바율은 몰랐지만, 그것은 그와의 계약자에게 새겨지는 인장이었다.

"크아!"

반다인이 이로 자신의 팔목을 물어뜯었다. 시뻘건 핏물이 금세 그의 입가와 팔뚝을 적시며 바닥으로 뚝뚝 떨어졌다.

이윽고 그의 손이 천천히 움직였다. 그가 피가 흐르는 팔을 들어 문신이 새겨진 가슴을 문질렀다. 잔인함을 넘어서 괴이한 모습이 아닐 수 없었다.

후아아아아―

잠시 후, 별안간 반다인의 주위로 검은 기운이 솟구쳐 올랐다.

"저게 뭐지?"

"바율, 피해야 합니다!"

바율이 혼잣말처럼 중얼거리는데, 스피넬이 한달음에 날아와 다급히 외쳤다.

"마기입니다! 힘이 너무 거셉니다!"

"…마기라니?"

"마족과의 계약을 이행하는 거라고요! 일전에 보았던 바로 그자입니다!"

스피넬이 덜덜 몸을 떨었다. 이전에는 전혀 보지 못했던 그녀의 모습에 바율도 덩달아 두려움이 몰려왔다.

3.

계약의 인장에 피를 칠한 순간 반다인의 시야가 뒤집혔다. 그 뒤집힌 세상에서는 하늘도 땅도 느껴지지 않았다.

아무것도 존재하지 않는 듯한 어두컴컴한 무의 공간.

"계약자여."

반다인은 허공에서 들려오는 끈적끈적한 목소리에 자신도 모르게 바르르 몸을 떨었다.

"무슨 일로 날 불렀는가?"

"죽음의 신이시여……."

입술을 지그시 깨물며 반다인이 어둠 속 어딘가를 바라봤다.

"말하라."

"계약을…… 이행하고자 합니다."

"훗, 결국 실패를 한 모양이지? 내 친히 놈을 치워 주기까지 하였는데 실망이야."

"…아직 끝나지 않았습니다. 제게는 남은 한 번의 기회가 더 있습니다."

그 대가로 죽음의 신에게 자신의 죽음을 바쳐야 하지만 상관없었다. 목적을 이루기 위해선 더한 것도 할 수 있었다.

"인간의 욕심이란 언제 봐도 참 재미있단 말이지. 크크큭!"

마치 쇠를 긁는 듯한 웃음소리가 죽음의 신, 모르스에게서 흘러나왔다.

"계약에 따라 너의 영혼은 이제 나의 것이다. 네가 원하는 것은 전에 말했던 그 녀석이겠지?"

"그렇습니다."

"5분을 주겠다. 그동안 너는 너의 남은 생의 모든 힘을 태우게 될 것이다!"

반다인의 시야가 다시 뒤집혔다.

그러자 검은 장막이 걷히며 현실로 돌아왔다. 시간이 멈춘 듯, 그를 둘러싼 세상도 멈추어 있었다.

하지만 반다인이 그것을 자각한 순간, 다시금 움직이기 시작했다. 뻑뻑해진 눈을 두어 번 깜빡거리자 언제 모래가 들어갔었냐는 듯 시야가 맑아졌다.

"크하아아!"

육체 역시 완전히 달라졌다. 어마어마한 기운이 몸 안에서 득실거렸다. 이전에는 결코 느껴 보지 못한 힘이었다. 무엇이든, 그것이 설사 란데르트 공작이라 할지라도 전부 베어 낼 수 있을 것 같았다.

"5분을 주겠다. 그동안 너는 너의 남은 생의 모든 힘을 태우게 될 것이다!"

'5분이면 충분하다.'

반다인은 각오를 다지며 전방을 훑었다.

'거기에 숨어들 있었구나.'

조금 전까지만 해도 보이지 않던 존재들이 이제는 선명하게 눈에 잡혔다. 불을 뿌리는 소녀와 성질은 다르나 기운은 비슷했다. 그것들은 전부 반다인의 목표, 바율을 에워싸고 있었다.

'녀석의 수하였군.'

여전히 정체가 무엇인지는 모르겠지만, 그런 건 하나도 중요하지 않았다. 그의 눈앞에는 반드시 죽여야 할 상대가 있고, 지금의 자신은 능히 그럴 만한 능력이 있었다.

'대부.'

반다인은 대부인 바라첼 상황을 떠올렸다.

'저는 대부가 계신 곳에 가지 못하겠지만, 그렇게 외롭지는 않으실 겁니다. 저 대신 저 아이를 보내 드릴 테니까요.'

파핫!

반다인의 신형이 급작스럽게 뛰어올랐다. 그는 가벼운 도약 한 번으로 단번에 바율과의 거리를 좁혔다.

화아아악!

두려움이 가득했지만, 스피넬은 망설이지 않았다. 막아야 한다. 그녀는 모든 힘을 그러모아 날아오는 반다인을 향해 불기운을 쏘았다.

이전과는 비교조차 할 수 없는 거대한 화기였다. 붉은 화마가 회오리처럼 반다인의 몸을 휘감았다. 뜨거운 열기가 바율이 있는 곳까지 전해질 정도였다.

"하앗!"

인간이라면 녹아서 없어져야 정상일 것이다. 하지만 그 거대한 불의 회오리 속에서 하늘을 가를 듯한 기합 소리가 터져 나왔다.

퍼엉—

그리고 불의 회오리는 허무하다 싶을 만큼 순식간에 눈앞에서 사라졌다.

"……!"

믿기지가 않았다. 스피넬이 얼마나 많은 힘을 소진했는지 바율은 알고 있었다. 남은 힘이 거의 없을 정도로 그녀의 전부를 퍼부은 공격이었다.

"어떻게……?"

좀 전까지만 해도 대등하게 싸웠던 둘이다. 다른 정령들이 가세하면서 이쪽이 우위를 차지하기도 했다.

이런 것이 마기의 위력인 것인가?

스피넬이 겁을 먹었던 이유를 바율은 이제야 조금 알 것 같았다.

슉— 슉— 슉—

반다인은 전혀 속도를 줄이지 않은 채 달려오고 있었다. 스피넬은 남아 있는 모든 힘을 쥐어짜 내 그를 향해 불화살을 날렸다. 수십 개의 불화살이 반다인의 전신에 가 꽂혔다.

"흐아아아아!"

하지만 불의 회오리가 그러했듯이 그것은 반다인에게 아무런 피해도 입히지 못했다. 그가 검을 치켜들자 그의 주변으로 엄청난 기운이 휘몰아치기 시작했다.

펑! 퍼버버벙!

또 한 번 불화살이 허물어지듯 자취를 감추었고, 그 모습을 지켜본 모든 이들이 얼어붙었다. 아무것도 통하지 않는다는 건 지금과 같은 전투에서 적군의 사기를 꺾고도•남았다.

어느새 반다인이 코앞까지 다가왔다.

"안 돼!"

스피넬이 인간의 모습을 지우고 한 덩이 불이 되어 반다인을 막아섰다. 지금으로선 이것이 그녀가 할 수 있는 최선이었다.

"어디서 감히!"

반다인의 검이 밤하늘에 유려한 곡선을 그렸다.

쑤아아악—

그의 검이 불덩이를 정확히 반으로 양단했다.

—까아아악!

바율만이 들을 수 있는 비명 소리가 고막을 찢었다.

"스피넬—!"

그녀가 고통에 몸부림치며 바닥에 처박혔다. 인간이 아닌 불덩이의 형체였지만, 바율은 현재 그녀가 얼마나 심각한 상태인지 알 수 있었다.

"크흑!"

바율 역시 신체가 절단되는 듯한 통증을 함께 느끼고 있었기 때문이다. 이전에는 알지 못했다. 정령들이 다쳤던 적이 없기에 이런 일이 있을 거라고는 꿈에도 짐작 못 했다.

—이, 이 자식! 우리 스피넬을!

템페스타가 분노했다. 강포한 마기 앞에서 녀석 또한 겁을 집어먹었지만, 스피넬이 당하는 것을 보고도 가만있을 수는 없었다.

두두두둑!

먼저 움직인 것은 셰임이었다. 반다인의 발목으로 별안간 나무뿌리가 차올랐다. 그것은 그의 걸음을 막겠다는 듯 종아리를 타고 허벅지까지 꾸역꾸역 말려 올라갔다.

그것이 다가 아니었다.

칼날보다 날카로운 수십 발의 물 화살이 반다인의 얼굴

과 목, 팔을 향했고, 건물마저 무너트릴 수 있을 것 같은 거센 바람이 그의 전신을 무차별하게 두들겼다.

"성가신 것들!"

그러나 중급 정령인 스피넬도 상대를 못 한 마당에 그들의 공격이 먹혀들 리 없었다.

파바방!

반다인이 검을 휘두르자 녀석들 전체가 충격을 받고 너무나 간단하게 나가떨어졌다. 역시나 이번에도 바율만이 들을 수 있는 비명이 고통스럽게 사위를 울렸다.

"윽!"

"바율! 괜찮아?"

바율은 아직 누구에게도 아무 타격을 받지 않았다. 한데 자꾸만 어디가 아픈 사람처럼 신음을 흘리니 다급한 상황에서도 린데만 황태자는 바율을 챙길 수밖에 없었다.

"멈추어라! 그 이상은 내가 허락지 않을 것이다!"

장내는 반다인이 마족과 계약을 이행하는 순간부터 재차 소강상태에 놓였다. 그의 기이한 모습에 아군이며 적군이며 할 것 없이 모두가 그를 주시했다.

헤이즈라고 다르지 않았다. 잠시 사태의 추이를 살피던 그녀가 가진 힘을 전부 끌어모아 다시 한번 반다인을 막아섰다. 그녀의 어깨에는 여전히 플랑베르주가 꽂혀 있었다.

"용기가 정녕 가상하군."

쐐애액—

반다인은 마뜩잖은 듯 혀를 차며 자신을 향해 덤벼드는 헤이즈의 검을 벼락같이 내리쳤다.

챙그랑!

둘 사이에 합 따위는 없었다. 마나를 실은 헤이즈의 검이 반다인의 검에 닿은 순간 산산조각이 나 버린 것이다.

"……!"

가장 놀란 건 헤이즈였다. 그러나 그녀는 황태자를 지켜야 한다는 생각뿐이었다. 그녀가 멀쩡한 어깨로 상대의 가슴을 들이박았다.

쿵!

"끅!"

하지만 신음은 오히려 반다인이 아니라 헤이즈에게서 새어나왔다. 거대한 바위에 부딪힌 것과 같은 충격이 어깨를 타고 온몸에 전이되었다.

"더 이상 날 귀찮게 하지 마라!"

반다인이 헤이즈의 얼굴을 움켜잡고 그대로 바닥에 내리찍었다.

쾅!

폭음이 일며 일대가 지진이라도 난 듯 흔들렸다.

"헤이즈―!"

그 모습을 지켜보던 황태자가 비명을 내질렀다. 헤이즈
의 얼굴이 땅속에 묻혀 보이지가 않았다. 드러난 몸은 시체
처럼 축 늘어져 있었다.

"안 돼! 헤이즈…… 안 돼애애!"

목구멍에서 참을 수 없는 분노가 차올랐다.

믿었다. 그녀를 믿었다. 헤이즈라면 놈을 무너뜨리고 무
사히 돌아올 거라고 철석같이 믿었다.

"황태자 전하를 보호하라!"

"인간 장막을 펼쳐라!"

이성을 잃은 황태자가 반다인에게로 달려들려 하자 남은
기사들이 황급히 황태자와 바율을 중심으로 장벽을 쌓았
다. 헤이즈도 어쩌지 못한 적이었지만, 그들의 의무는 끝까
지 황태자의 안위를 지키는 것이었다.

"대장을 도와라!"

하지만 그 자리엔 기사단만 있는 것이 아니었다. 살아남
은 복면인들이 가세하며 반다인을 거들었다.

서걱! 서걱! 서걱!

반다인은 마기를 폭사시키며 기사를 베고 또 베었다. 그
의 검에 배려라고는 없었다. 오로지 죽음만이 따랐다.

파직―

그러던 어느 순간이었다. 그의 팔꿈치에서 미세한 진동이 느껴졌다.

"죽어라!"

그의 목을 노리고 뛰어드는 기사의 허리를 양단하는 반다인의 표정이 굳어졌다.

파직─

이번에는 팔꿈치만이 아니라 등에서도 같은 증상이 전해졌다.

몸이 부서지고 있다는 증거였다.

그의 남은 생이 끝나 가고 있었다.

시간이 없다.

"더는…… 내 앞길을 막지 마라!"

반다인은 더욱 광폭하게 검을 난사했다. 어차피 죽을 몸, 그는 거칠 것이 없었다. 그의 불타오르는 시선의 끝에는 오로지 바율만이 보였다.

"바율, 비켜 서."

황태자가 바닥에 떨어져 있던 검을 주워 들었다. 남은 기사가 거의 없었다. 뒤는 막혔고, 어디로도 도망칠 수 없는 상황이었다. 이기지 못할 게 뻔했지만, 아무것도 하지 못한 채 죽을 수는 없었다. 황태자로서 마지막까지 체통을 지킬 것이다.

"황태자 전하, 물러나십시오. 위험합니다!"

바율은 가슴을 부여잡은 채 황태자를 말렸다. 그는 아직 고통에 시달리는 중이었다. 이마에 식은땀이 흥건했다.

"너라도 살았으면 좋겠는데……."

놈의 목표는 나일 테니, 어쩌면 기대해 봐도 되지 않을까?

불가능한 소망을 마음속으로 중얼거리며 린데만 황태자가 반다인을 향해 검을 곧추세웠다.

"아니요, 안 됩니다!"

바율은 고개를 저었다.

그는 무려 이 제국의 황태자이시다. 다음 대 황위를 이어야 할 귀하신 분. 그렇기에 아버지께서도 만월 기사단을 보내신 것이었다.

"이언 경이 곧 도착할 겁니다. 그때까지만 버티시면 됩니다!"

어떡해서든 정령들을 움직여 시간을 벌어 보려 했지만, 녀석들에게서 답이 없었다. 기운은 분명 느껴지는데, 그 세기가 너무나 미약했다.

"끄아아!"

그때 그들의 바로 앞에서 기사 한 명이 쓰러지며 목숨을 잃었다.

"······!"

바율과 황태자가 실랑이를 하는 사이 어느덧 반다인이 도착한 것이다. 그는 기뻐하고 있었다. 복면이 얼굴을 가리고 있지만, 환희에 찬 눈빛만은 숨기지 못했다.

스으으—

반다인의 검이 하늘로 치켜 올라갔다.

'너희를 함께 베리라. 대부를 위하여, 폐하를 위하여, 제국을 위하여!'

쇄애애액!

그의 검이 밤하늘을 가르며 바율과 황태자를 향해 궤적을 그리며 날아왔다.

"전하!"

바율이 있는 힘껏 황태자를 밀쳤다.

푸욱!

묵직한 검이 허공을 지나 바율의 목을 지나치기 직전, 갑자기 반다인의 가슴으로 뾰족한 검이 뚫고 나왔다.

"바율 도련님!"

그리고 저 멀리서 이언의 음성이 들렸다. 드디어 그가 당도한 것이다. 바율은 몰랐지만 반다인의 가슴을 꿰뚫고 튀어나온 검은 이언이 달려오면서 던진 검이었다.

보통의 기사였다면 즉사를 했어야 마땅한 상황이었지만,

반다인은 자신의 남은 생을 모두 털어 내는 중이었다.

갑작스러운 일격에 살짝 비켜 가긴 했어도 본래의 목적은 달성했다. 그의 검이 바율의 목을 베고 황태자의 가슴으로 이어졌다.

"아악!"

바율이 밀친 덕분에 다행히 치명상은 면했다. 하나 반다인의 검에는 마기가 묻어 있었다. 평소보다 더한 고통과 함께 황태자의 가슴에서 피가 솟구쳤다.

"나를 원망 말거라!"

반다인의 공격은 끝난 게 아니었다. 보다 확실하게 숨통을 끊어 내야 했다. 그의 마지막 일수가 바율의 심장에 날아가 박혔다.

'목이 따끔해.'

아주 잠깐 그렇게 생각했는데, 어느새 바율의 시야가 점점 거뭇게 변했다. 뒤로 넘어가면서 밤하늘이 눈에 들어오는 것이었지만, 미처 그걸 깨달을 새도 없었다.

"커헉!"

뒤늦게 심장에 엄청난 고통이 느껴졌기 때문이다. 바율의 몸이 한순간 파르르 떨리다가 피를 토하며 바닥으로 내려앉았다.

파지직!

동시에 줄곧 힘을 주고 있던 반다인의 어깨가 터졌다.

'이것으로 됐다. 이것으로……'

쩌저적— 쩌적!

반다인의 신형이 메마른 땅처럼 금이 가기 시작했다. 그의 몸은 발목부터 부서지기 시작하더니, 이내 잿가루가 되어 사라졌다.

그것이 신호였을까.

남은 복면인들이 저마다 목을 그으며 그 자리에서 자결했다. 자신들에게서는 어떤 것도 알아낼 수 없을 거라는 듯이.

"도련님! 바율 도련님!"

절규하는 이언의 목소리만이 적막을 깨며 교정을 울렸다.

Chapter 7.
바율의 죽음

1.

아카데미가 발칵 뒤집혔다. 축제의 남은 일정은 당연히 취소되었고, 교문이 닫히며 아카데미 전체가 잠정 폐쇄되었다.

무려 제국의 황태자를 향한 암살 시도가 있었다. 다행히 생명이 위태로울 정도의 큰 부상은 면했지만, 가슴에 긴 검상을 입었다. 황태자의 호위로 함께 온 일백의 기사는 거의 전멸하다시피 많은 이들이 목숨을 잃었다.

뿐인가.

란데르트 공작의 하나뿐인 아들.

공작가의 유일한 후계자.

캐링스턴 아카데미의 학생이었던 바율이 죽었다.

바로 전날까지만 해도 체스 대회에서 발군의 실력을 선보이며 모두를 열광하게 했던 바율의 사망 소식에 그와 친분이 있던 아이들은 물론 전교생이 충격에 빠졌다.

긴박한 순간에 황태자를 밀쳐 내고 대신 암살자의 손에 죽어 간 그의 행동이 알려지면서 안타까움은 더욱 크게 번졌다.

제국의 황태자를 살렸으니 칭송받아 마땅하나, 그의 아버지인 란데르트 공작을 생각하지 않을 수 없었다. 불과 2년 전에 첫째 아들을 잃은 그가 아닌가. 남은 쌍둥이 동생마저 형을 따라갔으니 공작이 감당해야 할 비통함의 무게가 어느 정도일지 일반인들로선 가히 짐작조차 안 갔다.

캐링스턴 아카데미는 말할 것도 없거니와 도시 전체가 슬픔에 잠겼다. 비보를 전하기 위한 연락책이 황도와 해밀턴으로 떠났고, 아카데미엔 임시방편으로 레오네트 백작가에서 지원군을 보내 왔다.

아카데미의 담벼락을 병사들이 빽빽하게 둘러쌌다. 도시의 출입구마다 신분 검사가 철저하게 행해졌고, 조금이라도 수상한 기미가 보이면 전부 잡아들이라는 엄명이 내려졌다.

하루 사이에 캐링스턴은 그야말로 비상사태에 돌입했다.

"황태자 전하는 좀 어떠하신가?"

"옥체는 무사하십니다. 흉터가 조금 남긴 하시겠지만, 손상된 장기는 이미 아물었습니다. 다만…… 깨어나실 때마다 너무 괴로워하시는 탓에 어쩔 수 없이 조금 전 약물을 이용해 억지로 눈을 붙이시게 하였습니다."

아말룬을 열 개나 사용했다. 위급해서라기보다는 조금의 흉도 온 국민의 염려가 될 수 있는 환자의 신분 때문이었다.

"바로 눈앞에서 바율이 죽는 것을 목격하였으니 충격이 크셨겠지. 아까운 목숨을 잃었어. 녀석의 아비가 알면 어찌 나오려는지……."

레오네트 백작이 지팡이를 쥔 손에 힘을 꽉 주며 염려를 드러냈다. 첫눈에 보자마자 마음에 든 아이였다. 큰일을 하였으나, 고작 열여섯 살이었다. 너무나 아쉽고 안쓰러운 죽음이 아닐 수 없다.

"공작 전하께서 즉시 이곳으로 오실 것입니다. 그때까지만 부탁드립니다."

이언이었다. 그가 딱딱한 표정과 말투로 레오네트 백작에게 청했다.

"그건 걱정 말게나. 당연히 해야 할 일이니까."

"다른 부상자들의 상태는 좀 어떻습니까?"

이언이 고개를 숙여 감사함을 전하고는 바그너 사제에게 물었다.

"…가망 있는 이들이 몇 안 됩니다. 죄송합니다."

"사제님께서 죄송할 일은 아니지요. 저의 불찰입니다. 제가 자리를 지키고만 있었어도……."

이언이 눈을 감으며 소리 없는 신음을 내뱉었다.

조금만, 조금만 더 빨리 도착했더라면 도련님을 살릴 수 있었다.

아무리 교대 중이었다고는 하나, 그의 본분은 바율을 지키는 수행 기사다. 그 임무를 제대로 이행하지 못했으니 응당 책임을 지는 게 옳았다.

벌이라면 그게 무엇이든 달게 받을 준비가 되어 있었다. 설사 죽음이라고 해도 기꺼이 맞이하리라.

다만 그가 두려운 것은 란데르트 공작을 마주하는 일이었다. 슬퍼하실 주군의 모습을 떠올리자 벌써부터 가슴 한쪽이 무거웠다.

"바율의 죽음은 저도 너무나 마음이 아픕니다만, 놈들이 이언 경의 발을 묶은 것이 어찌 경의 잘못이란 말입니까? 오래전부터 작정하고 준비한 암습입니다. 그나마 헤이즈 경이 버티어 준 덕에 이 정도로 끝난 것이 아닙니까."

평소와 달리 말없이 자리만 지키고 있던 로티어스 교수가 이언을 위로했다.

기실 조카인 황태자가 살아남은 것은 다행스러운 일이

나, 제자인 바율이 생을 달리한 것은 그에게도 엄청난 충격이었다. 란데르트 공작이 어떤 반응을 보일지 그 역시 걱정이었다.

"헤이즈의 상태는 어떤가요? 의식은 찾았다고 하던데, 아직 면회를 가 보지 못했습니다."

"어깨와 얼굴의 부상이 심각합니다. 고도로 단련된 육체가 아니었다면 진즉에 죽고도 남았을 겁니다. 그래도 신전의 사제들이 돌아가면서 신성력을 쏟아붓고 있으니, 며칠 뒤면 안정을 취할 겁니다."

"혹시 녀석에게 도련님의 죽음을 알리셨습니까?"

제발 그러지 말았기를 바라며 이언은 바그너 사제를 간절하게 바라봤다.

"일단은 모두에게 그 일에 대해서는 함구하라 하였습니다. 지금은 무엇보다 환자의 회복이 우선이니까요."

"…고맙습니다."

헤이즈 성격에 사실을 알면 가만히 있지 못할 것이다. 이언도 안간힘을 쓰며 버티는 중이었다.

그들은 만월 기사단이다. 황태자를 보필하라 명 받았지만, 그들의 주군은 란데르트 공작이었고, 바율은 그 주군의 아들이었다. 둘은 주군에게 평생의 죄를 다 지은 셈이었다.

"흉수가 누구인지는 아직 밝혀내지 못한 겁니까?"

"살아남은 자가 한 명도 없습니다. 막판에 전부 자결하였습니다."

"자결이요?"

로티어스 교수가 그런 얘긴 처음 듣는다는 듯 인상을 찌푸렸다.

"정체를 숨기기 위해 지금은 잘 사용하지 않는 쇼텔이란 검을 공들여 수련한 자들입니다. 아마 일의 성공 여부를 떠나서 마지막엔 모두 자결하란 명을 받았겠지요. 별로 특별한 경우도 아닙니다."

암살자의 끝이란 대개가 그런 법이었다. 특히나 제국의 황태자를 노린 이런 중대한 사건의 경우에는 배후를 가리기 위해 부단한 노력을 기울였을 것이다.

하지만 공작 전하께서 오시면 전부 밝혀내실 게 틀림없다. 그때는 상대가 누구든 멸문지화를 피하지 못할 것이다. 주군이 허락하신다면 그 선봉에 자신이 서리라고 이언은 다짐했다.

"복면을 벗겨서 얼굴 확인은 해 보았는가?"

"물론입니다. 하지만 눈에 익은 자는 없었습니다. 혹시 예상 가는 인물이 있으신 겁니까?"

"다 늙어서 집구석에만 박혀 있는 내가 무슨 수로 그걸 알겠나? 이 녀석이라면 또 모를까."

레오네트 백작이 맞은편에 앉은 로티어스 교수를 턱짓했다. 그는 로티어스 교수가 황족임을 아는 몇 안 되는 이들 중 하나였다.

"수법이 너무 과감합니다. 그래서 저도 누군지 도통 감이 안 오네요."

"진심이냐?"

"이런 짓을 벌이고 싶은 자들이야 한둘이 아니겠지요. 하나 그들 모두 이렇게까지 할 배포가 없습니다. 란데르트 공작 전하가 멀쩡히 살아 계신데 누가 감히 그럴 수 있단 말입니까? 설사 그럴 배포가 있다 하더라도 일백이 넘는 기사를 상대할 만한 자들을 티 내지 않고 길러 내기란 어려운 일입니다. 아니, 절대 불가능하지요."

"하면 이러나저러나 란데르트 공작을 기다리는 수밖에 없겠군."

일어나선 안 되는 일이 일어났다. 캐링스턴의 주인으로서 결코 간과할 수 없는 문제였다.

황태자의 암살 시도와 관계된 모든 것을 알아야 할 권한과 해결해야 할 책임이 레오네트 백작, 그에게 있었다.

"백작님, 좀 나와 보셔야 할 것 같습니다."

그때 갑자기 문밖에서 그를 찾는 소리가 들렸다.

"무슨 일이냐?"

문이 열리고 레오네트 백작가의 가신이 들어왔다.

"밖에…… 문제가 생겼습니다."

"문제라니? 대체 무슨 문제가 생겼단 말이냐? 아니, 그보다 지금 상황이 어느 때인데, 어떤 미친놈이 문제를 일으킨다는 게야?"

"그게……."

말꼬리를 흐리는 것이 영 꺼림칙했다. 아니나 다를까.

"…막내 도련님이십니다."

"이런 육시랄 놈을 보았나! 그놈이 왜?"

레오네트 백작이 말을 걸게 한다는 것은 주변 사람이라면 다 아는 사실이었다. 하지만 바그너 사제는 오늘 그를 처음 만나는 것이었다. 아무리 상황이 상황이라고는 하나, 자신의 손주에게 거리낌 없이 욕을 해 대는 백작의 모습에 그가 시선을 어디에 두어야 할지 갈팡질팡했다.

"안치소에 들어가게 해 달라고 떼를 쓰고 계십니다."

"안치소에는 그 누구도 들어가선 안 된다. 나를 포함한 모두가 출입 금지야!"

"네, 그래서 저도 란데르트 공작 전하께서 오시기 전엔 절대 안 된다고 말씀드렸는데도 막무가내이십니다."

"거기가 어디냐? 내가 직접 가겠다."

그들은 현재 절망의 신전에 있었다. 황태자와 헤이즈, 그리고 살아남은 기사들이 이곳에서 집중 치료를 받는 중이었다. 바율의 시신은 신전의 기도실 하나를 빌려 잠시나마 안치해 둔 상태였다.

"제가 모시지요."

신전의 지리라면 바그너 사제가 가장 잘 알았다. 그가 앞장서자 다들 우르르 일어나 그를 따랐다.

그들이 한참을 걸어 안치소에 당도했을 땐 가관도 그런 가관이 없었다. 에이단은 당연하고 일라이와 퀸, 그리고 로건까지 합세해서 안치소를 지키고 있는 기사들에게 협박을 퍼붓고 있었다.

"당장 비키라니까? 내 말 안 들려? 나 누군지 몰라? 에이단 슈 레오네트! 레오네트 백작가의 차남이라고! 당신, 내가 확 잘라 버린다?"

"당신이 뭔데 우리를 막아? 젠장, 안 비켜? 확 다 불 질러 버리기 전에 꺼지라니까!"

"비키세요. 안 그러면 나도 더 이상 참지 않겠습니다."

퀸의 푸른색 긴 머리칼이 점점 짙은 색으로 변했다. 근처 꽃병에서 물이 둥실둥실 떠올라 퀸에게로 날아왔다.

"바율에게 꼭 해야 할 말이 있습니다. 들어가게 해 주십시오!"

로건만이 유일하게 예를 차려 말하고 있었지만, 언제 눈빛이 돌변할지 몰랐다. 무조건 들여보내 달라고 억지를 쓰는 네 명의 진상들 때문에 철통 보안을 하고 있던 기사들만 죽어 나가고 있었다.

"이놈들! 거기서 뭣들 하는 게냐!"

레오네트 백작이 지팡이로 바닥을 찍으며 노성을 터뜨렸다. 야윈 몸 어디에서 그런 기운이 나오는지 그의 음성이 신전의 복도를 쩌렁쩌렁하게 울렸다.

"할아버지!"

에이단이 반색하며 달려왔다.

"마침 잘 오셨어요! 얼른 이 사람들 좀 치워 주세요! 후딱 문 좀 열라고 해요!"

레오네트 백작의 호통은 씨알도 안 먹혔다. 평소에도 녀석은 말을 그리 잘 듣는 편이 아니었다. 가뜩이나 지금은 바율 때문에 눈에 뵈는 게 없었다.

"이놈아, 거기 출입 금지라고 쓰여 있는 거 안 보이냐?"

"보여요! 근데 왜 금지입니까? 우리는 바율의 친구라고요!"

에이단의 항변에 친구들이 약속이라도 한 듯 고개를 세차게 끄덕거렸다.

"우리 눈으로 직접 확인할 겁니다."

"바율이 죽었을 리 없다고요!"

"그 녀석이 우릴 두고 갔을 리가 없습니다!"

바율의 죽음을 인정하고 싶지 않은 건 어른들도 마찬가지였다. 그중에서도 이언은 할 수만 있다면 어젯밤으로 되돌아가 자신이 대신 죽고 싶을 정도였다. 시간을 돌릴 수만 있다면 절대로 교대 같은 건 하지 않았을 것이다. 1분만 빨리 도착했었다면 바율을 살릴 수 있었을 거란 죄책감이 계속해서 이언을 짓눌렀다.

"너희들의 심정은 이해한다. 하지만 지금은 바율을 만날수 없다. 란데르트 공작이 오기 전까지는 누구의 접근도 허용하지 않을 것이다!"

"할아버지가 뭔데요? 할아버지가 뭔데 그런 결정을 내리세요? 바율이 할아버지 친구였어요? 우리가 직접 눈으로 확인하겠다는데 왜 그러는데요!"

에이단이 악을 쓰며 소리쳤다. 그 옆에 선 다른 친구들도 눈에 핏발이 서서는 어른들을 노려보았다.

"알겠으니까 그만들 해라."

결국 보다 못한 로티어스 교수가 중재에 나섰다.

"그냥 들어가게 해 주시죠. 이러다가 저 녀석들까지 잡겠습니다."

"하지만 아직……."

"바율과 가장 친했던 녀석들입니다. 마지막 인사는 하게 해 주자고요."

이언의 말을 자르며 로티어스 교수가 제자들을 대신해서 간청했다.

레오네트 백작이 이언을 올려다보았다. 란데르트 공작의 아들이 죽었다. 마땅히 그가 오기 전까지는 바율의 시신을 온전히 지켜야 한다는 게 그의 생각이었다.

'어찌할 텐가?'

그가 눈빛으로 이언에게 결정을 떠넘겼다. 지금 이곳에서 그나마 란데르트 공작과 가장 가까운 인물이었기에.

"…십 분 드리죠."

한참을 망설인 끝에 어쩔 수 없이 이언이 수락했다. 바로 기도실의 문이 열리고 녀석들이 안으로 뛰어 들어갔다.

잠시 후, 문이 닫힌 그곳에서 새어 나오는 건 서글픈 울음소리뿐이었다.

2.

십 분은 순식간에 지나갔다. 누워 있는 바율을 붙잡고 펑펑 우는 에이단을 기사들이 힘겹게 끌어내었다. 나머지 친구들은 제 발로 걸어 나오긴 했지만, 다들 두 눈에 눈물이 그렁그렁 맺혀 있었다.

보고서도 믿기지가 않았다. 바율은 이름을 부르면 당장이라도 일어날 것처럼 얌전하게 누워 있었다. 얼굴 위에 덮인 백색 천을 내려 보면 그저 고이 잠자고 있는 것만 같았다.

신전을 나와서 기숙사로 걷는 내내 아무도 입을 열지 않았다. 직접 눈으로 확인을 하고 나서인지 넷 다 얼이 나간 채 망연히 걷기만 했다.

어제까지만 해도 떠들썩하던 아카데미가 쥐 죽은 듯 고요했다. 누가 시키지도 않았는데 다들 있는 듯 없는 듯 기숙사에만 처박혀 꼼짝을 안 했다. 그만큼 이번 사건에 충격이 크다는 뜻이었다.

"너희들, 괜찮으냐?"

그렇게 얼마나 걸었을까. 본관 건물에서 비상 대책 회의를 마치고 나오는 라예가르와 세라리카가 보였다. 멍하니 눈을 들어 그들을 바라보던 중 돌연 일라이가 욕을 하며 달려들었다.

"왜 아무것도 안 했어! 왜 아무 짓도 안 했냐고! 당신은 살릴 수 있었잖아! 바율이 죽지 않게 뭐라도 할 수 있었잖아! 왜 그랬어!"

"라이, 진정해라."

"내가 지금 진정하게 생겼어? 내 친구가 죽었는데! 당신은 냉혈한이라서 이런 내 심정 모르지? 바율은 내게 당신보다도 소중한 존재였다고! 알아?"

"그렇게 소중한 친구였으면 네가 좀 살리지 그랬니?"

"…뭐라고요?"

세라리카의 차디찬 음성에 일라이의 눈길이 희번덕거리며 돌아갔다.

"이전처럼 불이라도 냈으면 혹시 아니? 지금쯤 멀쩡히 살아 있을지. 멍청한 너를 위해서 풀이해 주자면, 엄한 데 화풀이하지 말라는 뜻이란다."

세라리카의 새파란 눈동자가 번뜩거렸다. 그 이상 시끄럽게 굴면 가만두지 않겠다는 경고였다.

"라이……."

너무 울어서 눈이 팅팅 부어 버린 에이단이 뒤늦게 일라이의 팔을 붙잡았다.

"그만하고 가자."

"이익……!"

일라이의 말은 틀리지 않았다. 하나 그건 세라리카 교수의 말 역시 마찬가지였다.

확실히 고위 마법사인 라예가르가 어제 그곳에 있었다면 바율은 죽지 않았을 확률이 높다. 하나 그가 그곳에 있지 않았다고 해서 그의 잘못은 아니었다.

세라리카 교수의 말처럼 일라이는 그저 원망할 대상을

찾고 싶은 것이었다. 때마침 녀석에게는 가장 만만한 이사장이 눈에 띄었을 뿐이고.

"가서 좀 쉬어라. 다들 얼굴들이 말이 아니군."

라예가르의 지시에 에이단이 억지로 일라이를 잡아끌었다. 녀석이 증오에 찬 눈빛으로 세라리카 교수를 노려보았지만, 다행히 그 이상 덤벼들지는 않았다.

또다시 친구들 사이에 침묵이 감돌았다. 기숙사로 돌아오고 나서도 각자의 자리에 앉은 채 저마다 긴 상념에 빠졌다.

다섯에서 넷이 되었다. 그리 넓은 방이 아닌데도 오늘따라 썰렁하기가 이루 말할 수가 없다. 바율의 빈 침대와 책상이 그들의 시야를 아프게 메웠다.

"…사실 물에 빠진 건 나였어."

그러던 어느 순간이었다. 갑자기 로건이 고해 성사를 하듯 어렵게 말문을 열었다.

"2년 전…… 바일이 죽던 날, 물에 빠진 건 바율이 아니라 나였다고."

처음엔 무슨 소리인가 싶었던 친구들의 얼굴에 점점 경악이 어렸다.

"하늘이 무척 맑은 날이었어. 모처럼 바율의 상태가 좋아서 함께 낚시를 하자며 길을 나섰지. 바일이 열매를 따러 잠시 자리를 비웠을 때, 나는 물병에 물을 채우려고 강가에

다가갔어. 그러다 뚜껑을 놓치는 바람에 그걸 주우러 강물에 들어갔다가 다리에 쥐가 나고 말았지."

로건의 말투는 덤덤했다. 그러나 창망한 눈빛엔 초점이 없었다.

"바율은 날 살리려고 했던 거야. 날 돕기 위해 몸도 약한 녀석이 강물에 뛰어들었지. 하지만 녀석에겐 허우적거리는 날 데리고 나갈 만한 힘이 부족했어. 둘 다 위험한 상황에 처하고 만 거야."

"그때 바율 형이 도착한 거구나."

"맞아. 바일은 물고기처럼 헤엄을 잘 쳤거든."

뒷말은 듣지 않아도 알 수 있었다. 바일이 둘을 구하러 들어갔다가 혼자서만 나오지 못한 것이다.

"…우리를 구하고 힘이 빠진 바일은 뭍으로 올라오지 못했어. 바위에 몸을 기대고 있다가 그만 물살에 떠밀려 흘러갔지. 바율은 그 충격으로 인해 그대로 혼절했고, 난 아무것도 할 수가 없었어. 바일의 이름을 목 놓아 부르는 것밖에는……."

그날의 기억이 아직도 생생하다. 로건이 괴로운 듯 몸을 숙이며 머리를 감싸 쥐었다.

"내가 사실대로 말했어야 했는데…… 그랬어야 했는데…… 그러질 못했어. 바율이 기억을 잃었다고 말하는 순간, 나도 모르게 거짓말을 하고 만 거야. 아무리 겁이 나도 그러면 안 되는 거였는데…….”

어느새 로건이 흐느끼고 있었다.

“내가 바율에게 죄를 뒤집어씌웠어. 먼저 물에 빠진 건 녀석이었다고. 바일과 내가 구하러 강에 들어갔다가, 우리만 살아 나온 거라고. 내가 그렇게 란데르트 공작 전하께 거짓을 고했어.”

그래서 바율은 지난 2년간 줄곧 형을 죽였다는 죄책감에 시달리며 살았다. 로건 역시 그 이후로 하루도 마음 편한 날이 없었지만, 자기 때문에 쌍둥이 형을 잃었다고 생각한 바율에 비하면 아무것도 아니었을 터다.

“미친놈! 바율도 없는데 그딴 얘기는 왜 하는데? 이제 와서 지껄이면 뭐가 달라지기라도 하냐? 바율이 살아 돌아오기라도 하냐고!”

에이단이 욕설을 뱉으며 분노했다.

“그런 건 진작 말했어야지! 그러면 녀석이 그동안 그렇게 힘들어하진 않았을 거잖아! 네가 그러고도 인간이냐? 그러고도 사람 새끼야? 쓰레기 같은 자식!”

“처음 여기를 찾아왔던 날, 원래는 그 말을 하려고 왔던 거였어. 결국 입도 뻥긋 못 했지만…….”

“그런 짓을 벌이고도 바율을 보면서 웃음이 나오디? 너 같은 놈을 보고 위선자라고 하는 거야!"

"…네 말이 다 맞아. 난 쓰레기고 위선자야. 이렇게 살아 숨 쉬고 있을 자격조차 없는 놈이지."

에이단의 비난은 비수가 되어 로건의 가슴에 고스란히 날아와 박혔다. 하지만 전혀 밉거나 원망스럽지 않았다. 오히려 고마웠다.

누군가에게 이렇게 욕을 먹고 싶었는지도 모른다. 홀로 간직하고 있던 끔찍한 비밀을 털어놓고 나니 조금은 속이 후련했다. 그렇다고 죄책감이 사라지는 것은 아니었지만, 란데르트 공작 전하께도 이제나마 고백할 용기가 생길 듯하다.

많이 늦었지만, 처벌도 달게 받고 바율의 억울함도 풀어 주고 싶었다. 그것이 먼저 간 바율을 위해 로건이 해 줄 수 있는 전부였다.

"그래서 너도 바율처럼 죽기라도 하겠다는 거야? 란데르트 공작님에게 사실대로 전부 자백하고?"

잠자코 있던 일라이가 끼어들었다.

"이 와중에 그게 참 잘하는 짓이겠다. 안 그래도 소식 들으시면 기함을 하실 텐데, 2년 전 일까지 들쑤시면 퍽이나 좋아하시겠어."

"그렇지만……."

"넌 그때도 이기적이었지만, 지금도 그래. 모든 건 때가 있는 거라고. 넌 이미 시기를 놓쳤고, 지금은 더더욱 아니야. 모르겠냐?"

로건의 황금색 눈동자가 흔들렸다. 미처 거기까지는 생각하지 못했다. 이제 와서 사실을 털어놓는 건 아픈 공작 전하의 가슴에 한 번 더 대못을 박는 셈이었다.

"일단은 가만히 있어. 죄책감은 다시 네 가슴 속에서 자라게 내버려 두라고. 네가 진짜 바율과 공작 전하를 생각한다면, 그런 건 바율의 장례식이 끝난 후에 말씀드려도 늦지 않아."

바율의 장례식.

다시 한번 녀석의 죽음을 실감하는 순간이었다.

"차라리 어젯밤 내가 녀석과 같이 있었으면 좋았을 것을……."

그랬으면 바율을 살리고 자신이 대신 죽었을 수도 있었을 텐데. 그렇게라도 지난날의 대가를 치렀어야 했는데, 의전을 끝까지 지키지 못한 것이 로건은 못내 후회스러웠다.

"록하의 말이 맞았어."

로건을 못마땅하게 흘겨보던 에이단이 불쑥 내뱉었다.

"다들 기억하지? 바율의 생명선이 끊어졌다던 녀석의 말. 멀지 않은 시기에 사고가 닥칠 거라고 했었잖아."

그러고 보니 까맣게 잊고 있었다. 헛소리 말라며 록하의 멱살까지 잡았었는데, 어처구니없게도 녀석의 말대로 바율이 정말 죽었다.

"진짜 록하가 손금에서 본 대로 되었어. 어떻게 생각해?"

"어떻게 생각하냐니?"

"내가 록하를 억지로 밖으로 끌어냈었잖아. 그 녀석이 그때 분명 그랬어. 운명선과 성공선인지 뭔지에는 틀림없이 미래가 있다면서 바율이 죽었다가 다시 살아나는 게 아닌가 싶다고."

"맞아! 그땐 그게 무슨 개소리냐고 녀석을 몰아붙였었지! 뭐야? 그럼 진짜 바율이 다시 살아날 거라는 건가? 그런가?"

일라이가 흥분해서는 벌떡 일어났다. 그때나 지금이나 말이 안 되는 소리였지만, 록하의 말대로 되었으니 지푸라기라도 잡는 심정으로 전부 믿고 싶었다.

"근데 어떻게 살아난다는 걸까? 혹시…… 정령이 어떤 영향을 미치는 건가?"

지금으로선 그들이 할 수 있는 가장 합리적인 추측은 그것뿐이었다.

"정령들에게 물어볼까?"

"바율이 없는데 어떻게? 어디에 있는지 보이지도 않잖아."

평소에도 바율이 아니면 그들의 눈으로는 정령을 볼 수 없었다. 바율이 없는 지금, 녀석들이 어디서 무얼 하고 있을지 걱정스럽다.

"록하에게 가 보는 건 어때?"

"가서 뭘 어쩌려고?"

"나도 몰라. 그냥 물어보는 거지. 바율의 손금을 기억하고 있지 않겠어?"

뭐라도 하지 않으면 미칠 것 같았다. 일라이의 제안에 에이단과 로건이 찬성하며 몸을 일으켰다.

"퀸, 너는 안 가?"

안치소에 다녀온 후로 퀸은 여태 단 한마디도 하지 않았다. 책상에 멀거니 앉아 벽만 바라보고 있는 그의 축 처진 뒷모습이 보기가 안쓰러울 정도였다.

차갑디차갑던 녀석이었다. 인간에게 마음을 굳게 닫고 있던 퀸이 처음으로 내 사람이라 부르며 마음을 연 것이 바율이었다.

정령사의 탄생으로 인어국의 부흥을 꿈꾸며 누구보다 기뻐했던 녀석이기도 하다.

"그냥 우리끼리 가자."

잠시 혼자만의 시간을 갖는 것도 필요하리라.

"다녀올게."

세 친구는 그렇게 퀸을 남겨 두고 록하의 방을 찾아 떠났다.

째깍째깍.

친구들이 가고 나자 조용해진 실내에는 시계 초침 소리만이 무심하게 울려 퍼졌다. 한동안 꼼짝도 하지 않던 퀸이 갑자기 서랍에서 종이와 펜을 꺼내 들었다.

그리고 그곳에 편지를 쓰기 시작했다.

바율에게.

수신인은 바율이었다. 이미 죽고 없는 녀석이니 편지를 읽을 수 없다는 걸 잘 알면서도, 퀸은 내용을 써 내려가는 데 주저함이 없었다.

Chapter 8.
퀸의 희생

1.

탁!

퀸은 마지막 문장을 완성하고 펜을 내려놓았다. 하고 싶은 얘기는 많지만, 꼭 해야 할 말만 적었다. 그 이상을 적다 보면 쓸데없는 소리까지 할 게 뻔하다.

감상적인 건 자신과 어울리지 않는다. 녀석이 미안한 마음을 갖는 것도 싫었다. 그저 하려던 일을 계속해 나가길 바랄 뿐이다. 퀸은 그거면 되었다.

"아직도 거기서 그러고 있냐?"

퀸이 편지를 접어 갈무리할 때 친구들이 돌아왔다. 녀석들의 표정으로 보아 별로 건진 건 없는 눈치였다.

"록하는 뭐래?"

"뭘 뭐래. 얼굴이 하얗게 질려서는 말도 잘 못하더만."

"그 녀석도 우리만큼이나 놀란 것 같더라고. 자기 손금이 이렇게 딱 들어맞을 줄은 몰랐나 봐."

"근데 그건 뭐냐?"

에이단이 책상에 놓인 편지를 가리켰다.

"아까는 없었던 것 같은데."

"별거 아니야. 뭐 좀 정리할 게 있어서."

"정리?"

이 와중에 뜬금없이 무슨 정리?

퀸의 이상한 답변에 에이단이 눈살을 찌푸리는데, 돌연 퀸이 자리에서 일어나 친구들을 향해 미소 지었다.

"잘 자라."

"…뭔 소리야? 우리가 벌써 왜 자냐?"

"밖에 아직도 해가 환한데, 눈알 삐었냐? 웃기는 또 왜 웃어?"

"나보고 너무 안 웃는다며. 그래서 좀 웃어 봤는데, 역시 안 어울리나 보지?"

"네가 충격이 크긴 컸나 보구나. 뜬금없는 소리에 안 하던 짓까지 막 하고. 어디 아프냐?"

일라이가 퀸의 이마에 손을 짚었다.

"열은 없는데."

"바람 좀 쐬러 갈 거야. 그래서 미리 인사하는 거고."

"산책하는데 뭘 잠자리 인사까지 해."

"같이 가자. 안에만 있으니까 나도 답답하다."

"아니, 다음에. 오늘은 나 혼자 갈게."

퀸이 일라이와 에이단, 그리고 로건까지 차례대로 눈에 담았다.

그간 깨닫지 못했었다. 그런데 막상 인사를 하려니 서운하고 아쉽다. 모르는 새 자신이 녀석들에게 마음을 꽤 주었던 모양이다.

"왜 혼자 가려는 건데?"

"어째 너 분위기가 좀 수상하다. 그치?"

일라이의 말에 로건이 눈빛을 가늘게 모으며 퀸을 살폈다. 어딘지 부자연스러운 태도가 그에게도 퍽 거슬렸다.

"난 원래도 혼자 있는 걸 더 좋아했거든? 너희가 따라다니며 귀찮게 굴었던 거지. 그걸 너희만 몰랐을 뿐이야."

"아아, 그러셨어요?"

"몰라봐서 죄송하다 그래."

이죽거리는 친구들의 모습에 퀸은 또다시 피식 웃음이 새어 나왔다. 그래도 마지막에 웃을 수 있어서 다행이었다.

"나 그럼 진짜 간다."

"아무도 안 잡았어. 너답지 않게 인사는 무슨?"

평소였더라면 말만 툭 내뱉고 나가고도 남았다.

"왜 자꾸 웃는 거야?"

퀸이 그렇게 나가 버린 후, 에이단이 물었지만 답해 줄 수 있는 사람은 없었다.

갑자기 변한 그의 태도가 이상하긴 했지만, 이해가 아주 안 가는 것도 아니었다. 바율이 죽고 없는 지금, 그들 역시 제정신이 아닌 건 마찬가지였다.

"녀석을 지켜라."

기숙사를 나와 홀로 어딘가를 향해 걸어가며 퀸은 라예가르가 했던 말을 떠올렸다. 그때는 그게 무슨 말인지 이해가 안 갔었지만, 지금은 너무나 잘 알겠다.

그 순간이 오면 자연히 알게 될 거라고 하더니 정말 그랬다. 자신밖에 할 수 없는 일이라던 그의 말도 전부 맞았다.

그는 어떻게 안 것일까?

이런 상황이 올 거라는 걸 어찌 알았을까?

일라이는 라예가르에 대해 그저 능력 있는 마법사라고만 말했었다. 하지만 그것으로는 설명이 부족하다. 단순한 마법사라고 하기엔 의심스러운 구석이 한두 개가 아니었다.

미래를 점친 것도 그러하지만, 인어족의 전설을 알고 있고, 바율이 정령사인 것도 알고 있었다.

그는 인간이긴 한 걸까?

인간으로 위장한 어떤 다른 존재가 아닐까?

기이한 점이 너무 많다 보니 급기야 퀸은 그런 생각까지 들었었다.

"이제 와서 쓸데없이 뭐 하러."

다 소용없는 의문이었다. 생각 같은 건 더 이상 할 필요가 없었다. 그가 집중할 건 오로지 바율, 녀석을 살리는 것. 그거 하나였다.

"황태자 전하를 뵙고 싶습니다."

아카데미의 삼엄한 경비를 뚫고 퀸이 도착한 곳은 뜻밖에도 절망의 신전이었다. 그중에서도 황태자가 병실로 쓰고 있는 주교의 방이었다.

"황태자 전하께선 안정을 취하셔야 한다. 면회는 사절이다."

황태자의 병실은 바율의 안치소만큼이나 엄중한 호위가 이뤄지고 있었다. 암살 시도라는 큰일을 치른 지금과 같은 시기에 일개 학생일 뿐인 퀸의 알현 신청을 받아 줄 리 만무했다.

"저는 아카데미 대표로 황태자 전하의 의전을 맡았던 퀸이라고 합니다. 바율에 관해 꼭 드릴 말씀이 있다고 전해 주시면 분명 만나 주실 겁니다. 부탁드립니다."

"…바율이라면 란데르트 공작 전하의 아드님을 말하는 것이냐?"

"그렇습니다. 저의 가장 친한 친구였습니다."

퀸을 바라보는 기사의 눈빛이 바뀌었다. 갈등이 되는 것이다.

바율이 황태자를 살리고 대신 죽었다는 건 모두가 아는 사실이었다. 그리고 그 때문에 황태자가 괴로워하고 있다는 것 역시 경호 중인 그들이 제일 잘 알고 있는 부분이었다.

"지금이 아니면 안 됩니다. 황태자 전하께서 나중에 아시게 되면 반드시 후회하실 겁니다."

퀸은 쐐기를 박았다.

"…잠깐만 여기서 기다려라."

어차피 말을 전해 주기만 하면 되는 것이었다. 찝찝한 마음으로 돌려보내느니 이편이 낫겠다고 판단했다.

잠시 후, 돌아온 기사가 퀸에게 문을 열어 길을 터 주었다.

'역시.'

일부러 바율의 얘기를 꺼내기를 잘했다. 퀸은 망설이지 않고 안쪽을 향해 성큼 걸어 들어갔다.

황태자는 퀸의 예상과 달리 침대가 아닌 창가 근처에 서서 밖을 응시하고 있었다. 환자복 차림의 그가 인기척을 느끼고 천천히 돌아섰다.

"나에게 꼭 할 말이 있다고?"

린데만 황태자는 어제 보았던 모습과 별반 다르지 않았다. 안색이 약간 창백하긴 했으나, 신체는 건강해 보였다. 아말룬을 엄청나게 쏟아부었다는 말을 듣기는 했었다. 바율 녀석이 살린 보람은 있어서 다행이라면 다행이었다.

"우선 쾌차를 축하드립니다."

"훗."

퀸의 인사에 황태자가 자조 섞인 웃음을 터뜨렸다.

"과연 내가 축하받을 자격이 있을까."

바율이 죽은 대가로 얻어 낸 여벌의 목숨이었다. 다들 그가 살아서 다행이라고 하지만, 그는 아니었다.

자신 때문에 너무나 많은 목숨이 생을 달리했다. 바율뿐 아니라 황실 기사단과 만월 기사단까지, 전부 자기 하나를 살리기 위해 아낌없이 그들의 생명을 버렸다.

이것이 황태자로 태어난 그의 숙명이겠지만, 그렇다고 당연하게 받아들일 수 있는 것은 아니었다.

생명은 누구에게나 하나뿐이다. 그 귀한 목숨을 오롯이 자신에게 바친 것이다. 그 무게는 결코 가볍지 않았다.

"바율이 선택한 것입니다. 녀석의 선택에 후회가 깃들지 않게 해 주십시오."

"…말투가 화난 것 같은데? 하긴, 나라도 그렇겠군."

퀸의 심정을 십분 이해할 수 있었다. 자신이 그였더라도 친구 대신 살아난 자라면 싫었을 것 같다.

"피차 서로를 보는 게 편하지 않을 테니 바로 본론으로 들어가지. 날 찾아온 용건이 뭐야? 바율에 관해서 꼭 해 줄 말이 있다고 했다던데."

잠에서 깨면 녀석에 대한 생각을 멈출 수가 없었다. 그래서 약을 먹고 다시 잠을 청하길 몇 번이고 반복했다. 마침 잠시나마 깨어 있던 참에 퀸이 그를 방문한 것이었다. 그에게서 어떤 말이 흘러나올지 황태자는 내심 긴장했다.

"사실 거짓말이었습니다."

"…뭐?"

"제가 용건이 있는 건 황태자 전하가 아니라 바율입니다."

"한데…… 왜 날 찾은 거지?"

"절 안치소에 들어가게 해 주십시오. 그곳은 현재 황태자 전하께서 있는 이곳보다 훨씬 더 진입하기가 어렵습니다."

"란데르트 공작님이 오시기 전까지는 아마도 그렇겠지."

짐작 가능한 상황이었다. 란데르트 공작의 후계자가 죽었다. 앞으로 거대한 피바람이 불어닥칠 것이다. 평소 공작은 선한 이였지만, 화가 나면 제국에서 가장 무서워질 수 있는 존재이기도 했다.

"바율의 시신을…… 직접 확인하고 싶은 건가?"

"이미 보았습니다. 근데 깜박하고 녀석에게 하지 못한 말이 있습니다. 꼭 얼굴을 보고 얘기해야 합니다."

"들을 수도 없을 텐데……."

"듣게…… 될 겁니다."

"……?"

"하니 황태자 전하께서 기사들을 잠시 물려 주십시오. 간곡히 부탁드립니다."

인어국의 왕자인 퀸은 인간에게 고개를 숙이는 법이 없었다. 그런 그가 처음으로 황태자에게 머리를 조아렸다.

"무슨 얘기인지 내가 먼저 알 수는 없겠지?"

"아마 곧 아시게 될 겁니다."

"알겠다. 바율이 널 특별하게 생각한 걸 알아. 녀석을 위해 내가 해 줄 수 있는 게 지금은 고작 이런 것뿐이겠지. 가자."

황태자는 더 묻지 않았다. 죄책감에 지금껏 회피만 하였다. 이제는 그 역시 정신을 차려야 한다. 제국의 황태자로서, 바율의 친구로서.

"화, 황태자 전하!"

갑자기 병실에서 황태자가 문을 열고 나오자 기사들이 식겁했다.

"잠시 바율을 보러 가야겠다. 안치소로 안내하라."

"하오나……."

"명이다."

린데만 황태자의 서슬 퍼런 목소리에 기사들이 움찔하며 황급히 움직였다. 그의 앞과 옆, 뒤로 빈틈없는 경호가 따라붙었다. 평화로운 신전 안이었지만, 바로 어젯밤에 엄청난 사달이 터졌다. 그들의 입장에선 불안한 행보가 아닐 수 없었다.

"혼자 들어가겠습니다."

바율의 안치소 앞, 퀸이 황태자에게 다시 한번 부탁했다.

"여기서 기다리지."

황태자가 허락하자 안치소의 문이 오늘 하루 두 번째로 열렸다.

힘겹게 걸어온 길이었다. 퀸이 나오면 자신도 들어가 바율에게 작별 인사를 고할 것이다. 고맙다는 말과 함께 말이다.

휘이잉—

신전의 복도에 난 창문을 열자 시원한 바람이 황태자의 옷깃을 스치며 불어왔다. 하늘을 보니 해가 서서히 서쪽으로 기울어지고 있었다.

'바율, 널 마주하면 무슨 말부터 해야 할까.'

용기 있게 여기까지 오긴 했지만, 심란해지는 건 어쩔 도리가 없다. 고작 열여섯에 죽은 녀석이 그저 안타까웠다.

그렇게 얼마나 시간이 흘렀을까.

갑작스레 들려오는 소란함에 황태자의 고개가 돌아갔다.

"비켜! 우리 꼭 들어가야 해! 말려야 한다고!"

"도련님, 왜 또 이러십니까? 백작님께서 아시면 이번에는 정말 크게 혼이 나실 겁니다!"

"황태자 전하께서도 와 계십니다! 체통을 지키십시오!"

"황태자 전하?"

에이단이 턱을 들며 껑충 뛰어올랐다. 그러다 이쪽을 향해 있던 황태자의 시선과 허공에서 부딪쳤다.

"황태자 전하! 황태자 전하! 퀸을 말려야 합니다! 녀석을 말려야 해요!"

"퀸을 말려야 한다니? 그게 무슨 소리지?"

방금 전에 퀸을 안으로 들여보냈다. 불길한 예감에 린데만 황태자가 기사들을 제치고 에이단과 친구들이 있는 곳으로 뛰어왔다.

"퀸이 여기 온 거 맞죠?"

"그 녀석이 황태자 전하에게 부탁한 겁니까? 안치소의 문을 열어 달라고?"

"설마 저 안쪽에 혼자 들어간 거예요?"

"맞아. 그렇긴 한데…… 내가 뭘 잘못한 건가? 표정들이 왜 그래?"

하나같이 핏기가 없고 겁에 질린 것이 마치 일어나선 안 되는 일이 벌어지기라도 한 듯한 얼굴들이었다.

"녀석은 죽으러 간 겁니다!"

"바율을 살리고 자기가 대신 죽으려는 거라고요!"

"뭐, 뭐라고? 그게 무슨?"

말도 안 되는 이야기였다. 이미 죽은 사람을 어찌 살려 낸단 말인가?

"빨리요! 우릴 들어가게 해 주세요! 퀸을 막아야 합니다!"

하지만 녀석들은 진심이었다. 자신들의 앞길을 막는 기사들을 연신 뿌리치며 소리치는 모습들이 정말로 간절했다.

"길을…… 터라!"

당황한 황태자는 다른 명을 내릴 수가 없었다. 기사들이 물러나자 녀석들이 안치소를 향해 내달렸고, 황태자도 다급히 그 뒤를 쫓았다.

2.

퀸이 산책하러 나가자 주인 없는 방에는 셋만이 덩그러니 남았다. 침묵이 싫어 일라이와 에이단이 억지로 이 얘기 저 얘기 수다를 떨어 보았지만, 이내 방 안엔 다시금 정적이 내려앉았다.

뭘 해야 할지를 모르겠다. 바율의 죽음은 현실이었다. 내내 부정만 하다가 직접 눈으로 확인을 하고 나서야 겨우 받아들였다.

그런데도 당장 어딘가에서 바율이 튀어나올 것만 같았다. 녀석이 말간 눈으로 '많이 놀랐지? 지금까지 전부 장난이었어!' 하며 짠 하고 나타나기를 바랐다.

"우리도 나갈까?"

에이단이 빈 의자의 등받이 부분을 애틋하게 쓰다듬었다. 바율이 주로 앉던 의자였다. 녀석은 이곳에 앉아 침대에서 깔깔거리며 뒹구는 자신을 쳐다보곤 했었다. 온기라고는 전혀 느껴지지 않는 의자가 오늘따라 유독 낯설었다.

"그래, 나가서 퀸 녀석이나 찾아보자."

계속 이대로 있다가는 숨이 다 막힐 것 같았다. 일라이가 동의하며 발딱 몸을 일으켰다.

"잠시만."

그때 로건이 갑자기 퀸의 책상으로 향했다.

"이거……."

그가 조금 전 퀸이 별거 아니라고 했던 접힌 종이를 집어들었다.

"좀 이상하지 않아?"

"이상하지 않냐니? 그게 뭔데?"

"아무래도 편지 같아."

뜯어서 읽어 보지는 않았지만 접혀 있는 모양새가 그랬다.

"아까 퀸의 말이 계속 신경 쓰여서…… 정리를 한다느니, 잘 자라느니 뭐 그랬었잖아. 왠지 말투나 행동도 부자연스럽고…….."

"분위기가 어째 수상하긴 했지. 그렇다고 녀석의 허락도 없이 그걸 읽어 보자는 거야?"

"예의가 아닌 건 알지만, 가만히 있자니 찜찜하고 꺼림칙해서…….."

"나는 널 볼 때마다 그런 기분이거든?"

로건의 자백을 들은 이후로 에이단은 불쑥불쑥 화기가 솟구쳤다. 아무것도 모른 채 아카데미에서 로건을 만났다고 좋아하던 바율의 모습이 떠올라서 더더욱 열이 받았다.

"에이단."

"왜!"

말리는 듯한 일라이의 어조에 에이단이 발끈하며 외쳤다. 가뜩이나 다혈질인 녀석의 성질이 바율의 사고로 인해 더욱 극성스럽게 변했다. 평소에도 로건에게 감정이 좋지 않았던 녀석은 이제 아주 로건을 잡아먹으려고 들었다.

"로건을 책망하고 벌할 수 있는 건 우리가 아니야. 그럴 자격은 바율과 란데르트 공작님에게 있어."

"나도 바율의 친구야! 이 녀석은 가장 친한 친구라면서 바율을 고통으로 몰아넣었었다고! 녀석이 그거 때문에 얼마나 힘들어했는지 몰라서 그러는 거야?"

"알지, 잘 알아."

자책하며 괴로워하던 녀석에게 외롭고 고단했던 자신의 과거를 털어놓으며 위로했던 건 다름 아닌 일라이 본인이었다.

"하지만 너랑 나는 제삼자야. 네 속상한 마음은 충분히 이해가 가지만, 지금은 일단 가만히 있으란 말이야. 밖에 나가서도 계속 그렇게 미쳐서 날뛸 거냐? 그럼 바율이 고마워할 것 같아?"

"……."

에이단은 답하지 못했다. 녀석은 알고 있었다. 바율이라면 이딴 더러운 잘못도 용서해 줄 것이다. 바보같이 착하기만 한 녀석이니까.

"나의 잘못은 바율의 장례식이 끝난 후 란데르트 공작 전하께 직접 가서 빌 거다. 그리고 어떤 벌이든 달게 받을 거야. 염치없는 거 나도 아는데…… 그때까지만 참아 줘."

로건이 힘겹게 부탁했다. 죄인처럼 자신과 시선을 맞추지 못하는 녀석을 보고 있으니 에이단은 왠지 더 화딱지가 올라왔다.

"…알았으니까 그거나 열어 봐!"

녀석이 신경질적으로 로건이 들고 있는 종이를 가리켰다.

잠시 친구들의 눈치를 살피던 로건이 서둘러 종이를 폈다. 그리고 맨 윗줄에 쓰여 있는 문장을 보고 깜짝 놀라 파르르 어깨를 떨었다.

"왜 그래?"

"뭐가 적혀 있는데 그렇게 놀라?"

에이단과 일라이가 동시에 그의 곁으로 다가왔다.

바율에게.

그들의 눈이 잘못된 게 아니라면 분명 그렇게 적혀 있었다.

"이거…… 편지였어?"

"근데 수신인이 왜 바율이지? 조금 전에 쓴 거잖아."

의아해하는 두 친구에게 답하는 대신 로건은 빠르게 편지를 읽어 내려갔다. 그리고 아연한 음색으로 말했다.

"편지가 아니야."

"뭐?"

"이건…… 유서야."

"무, 무슨 개소리야?"

"퀸이 유서를 왜 쓰는데!"

에이단과 일라이가 로건에게서 편지를 낚아채곤 황급히 내용을 확인했다.

불안한 세 쌍의 눈동자가 서로를 돌아보았다. 이러고 있을 때가 아니었다. 막아야 한다. 퀸이 정말로 일을 벌이기 전에 녀석을 말려야 했다.

그들이 편지를 집어던지고는 즉시 기숙사 밖으로 튀어나갔다.

3.

"퀸—!"

친구들이 황태자의 도움으로 바율의 안치소에 들이닥쳤을 때는 이미 모든 게 끝나 버린 후였다.

무엇을 어떻게 한 것인지는 몰라도, 퀸은 바율의 옆에 나란히 누워 있었다. 녀석의 눈은 바율처럼 꼭 감긴 상태였다. 미동이 없다.

호기롭게 문을 열기는 했는데, 왠지 다가가기가 두려웠다. 그들의 상상이 맞는 거라면 이건 절대 해피 엔딩이 아니었다.

"대체 무슨 일이길……!"

뒤따라 들어오던 린데만 황태자가 안치소의 이상한 풍경에 잠시 걸음을 멈칫했다.

퀸은 깜박하고 전하지 못한 얘기가 있다고 했다. 바율의 얼굴을 보며 말할 수 있게 도와 달라고 하였다.

황태자는 그저 마지막 인사를 하는 거라고 여겼다. 각별한 사이였으니 친구를 떠나보내는 퀸만의 의식이려니 하고 안일하게 생각했다.

한데 왜 저러고 옆에 누워 있단 말인가?

설마 바율을 따라서 죽기라도 한 건가?

자결하러 가는 것도 모르고 내가 도움을 준 것인가?

린데만 황태자가 후들거리는 걸음걸이로 침상에 누운 바율과 퀸에게로 향했다. 그런 그의 동공이 크게 흔들렸다.

의심을 했어야 했다.

한창 예민한 시기에 절친한 친우를 잃었다.

퀸의 자결을 막지 못했다는 죄책감에 황태자의 가슴이 또 한 번 무너져 내렸다.

"……!"

그때였다. 별안간 바율의 시신을 덮고 있던 하얀색 천이 조금씩 들썩거렸다.

"뭐, 뭐지?"

어디서 바람이 불어오나 싶어 급히 휘둘러보았지만, 창

문은 닫혀 있고, 문가는 기사들로 꽉 막혀 있었다.

"내가 방금 헛것을 보았나?"

린데만 황태자의 중얼거림에 친구들은 물론 화급히 따라 들어온 기사들까지 헛바람을 삼켰다. 그렇다. 모두가 같은 걸 본 것이다.

천 아래에서 무언가가 꿈틀거렸다. 이내 곱게 덮여 있던 천이 그 움직임을 이겨 내지 못하고 바닥으로 스르륵 떨어졌다.

"헙!"

"커헉!"

그 움직임의 정체는 바율이었다. 싸늘하게 굳어 있던 녀석의 손가락이 꼼지락거리기 시작하더니, 이윽고 팔을 지나 다리와 상체로까지 움직임이 전이되었다.

"어, 어떻게······?"

죽은 자가 다시 살아난다는 건 정상인의 사고로는 이해할 수 없는 일이었다. 그러니 꿈을 꾸는 게 분명했다.

그것도 아주 질이 나쁜 악몽.

짜악!

꿈이라면 빨리 깨고 싶다는 듯, 기사 중 누군가가 자신의 뺨을 세게 내리쳤다. 하나 달라지는 것은 아무것도 없었다. 오히려 바율의 몸이 더욱 격렬하게 요동쳤다.

"쿨럭!"

그러던 순간이었다. 급기야 바율이 기침을 터뜨리며 상체를 벌떡 일으켰다.

"으아아악!"

비명이 터졌다. 아무리 심신을 단련한 이들이라 할지라도 이 같은 상황은 예측하지 못했을 것이다. 죽은 줄로만 알았던 바율이 갑자기 살아서 움직이자 다들 귀신이라도 본 듯 뒤로 물러났다.

그건 친구들과 린데만 황태자라고 다르지 않았다. 소리만 지르지 않았다 뿐이지, 그들 역시 감히 입을 열지 못했다.

바율을 살리러 간다는 퀸의 편지를 읽긴 했지만, 직접 현장을 목격하고 있으니 아무런 말도 떠오르지 않았다. 보면서도 믿기지가 않았다. 이런 것이 가능할 거라고는 누구도 짐작하지 못했다.

"윽."

몇 차례 더 기침을 토해 내던 바율은 이어지는 두통에 인상을 찡그리며 관자놀이로 손을 가져갔다. 서서히 시야가 트이며 조금씩 주변이 눈에 들어오기 시작했다.

여기가 어디지?

내가 죽지는 않은 건가?

정체 모를 괴한에게 습격을 받고 기사단이 전멸했다. 정령들을 총동원해서 맞서 싸웠지만 끝내 괴한의 검을 피하지 못했다.

그래, 목이 베이고 심장을 찔렸어!

바율이 반사적으로 자신의 목과 가슴을 더듬었다.

없다.

상처가 그새 아문 건가?

어떻게……?

갖가지 추리가 난무하며 순식간에 머릿속을 어지럽혔다. 아말룬과 바그너 사제님의 신성력이면 검상을 치료하는 것쯤은 일도 아니었을 것이다.

하지만 부상이 꽤 깊었을 텐데…….

내가 얼마 만에 깨어난 거지?

바율이 그제야 뒤늦게 고개를 들어 사방을 살폈다. 가장 먼저 친구들이 눈에 들어왔다. 그리고 린데만 황태자가 보였다.

"황태자 전…… 쿨럭!"

갑자기 입 밖으로 소리를 내서 말한 탓인지 다시금 기침이 터졌다. 황태자가 무사히 살아남았다는 것에 바율은 진심으로 기뻤다. 천만다행이었다.

"송구합니다. 저도 모르게 기침이 나오는 바람에……."

"…진짜 바율 맞아?"

"네?"

황태자의 이상한 질문에 바율은 어리둥절했다. 그사이 무슨 일이 있어 내 모습이 많이 바뀌기라도 한 건가? 거울이 없으니 확인할 길이 없다.

바율은 황태자에게 예를 갖추기 위해 우선 침상에서 내려가기로 했다. 그러다가 녀석을 발견했다.

"…퀸?"

그의 옆에 퀸이 두 손을 배에 가지런히 얹은 채 누워 있었다. 잠이 들었는지 눈을 감은 채였다.

"퀸, 일어나. 왜 여기서……?"

퀸을 깨우려고 녀석의 몸에 손을 가져가던 바율은 순간 동작을 멈추고 주위를 둘러보았다.

낯설지 않은 그림과 조각들로 채워진 공간이었다. 이곳에 와 본 적이 있었다. 바르를 위해 기도를 하겠다던 리타를 따라 들렀던 곳. 절망의 신전에서도 신도들이 신에게 기도를 올리는 기도실이었다.

내가 왜 여기에 있는 거지?

의자들이 전부 한쪽으로 치워져 있고, 그곳의 한복판을 바율과 퀸이 차지했다. 그가 알기로 이곳에 원래 이렇게 사람이 누울 만한 자리는 없었다.

바율이 천천히 고개를 돌려 친구들과 황태자를 재차 바라봤다.

뭔가 이상했다. 다들 하나같이 보면 안 될 걸 본 사람처럼 얼굴들이 하얗게 질려 있었다. 그들의 시선은 전부 자신을 향해 있었다.

날 왜 저렇게 보는 걸까?

대체 무슨 일이 있었던 거지?

바율의 잿빛 눈동자가 어서 설명해 보라는 듯 친구들에게 간절히 물었지만, 어째선지 녀석들은 아무 대답도 하지 않았다. 그저 망연하게 자신을 바라보기만 할 뿐이었다.

4.

바율에게.

안녕, 바율. 나야, 퀸.

네가 이 편지를 읽고 있을 때, 아마 난 이 세상에 없을 거야. 잠시 후에 널 데리러 갈 생각이거든.

나에게 남다른 치료 능력이 있는 건 알고 있지?

너에게 미처 말하지 않은 것이 하나 있는데, 사실 난 죽은 사람을 살려 낼 수가 있어. 죽은 지 하루라는 시간의 제약과 단 한 번밖에 사용할 수 없다는 단점이 있긴 하지만 말이야.

네가 궁금해할 것 같아서 설명해 주는 거야.

지금쯤 날 원망하고 있겠지?

하지만 난 내 결정을 후회하지 않아. 넌 이 세계에 꼭 필요한 존재이니까.

정령사인 네가 없는 건 인어국의 왕자인 내겐 미래가 없는 것과 마찬가지야. 너를 위해서가 아니라, 나를 위해서 내린 결단이었다고 생각하고 이해해 주었으면 좋겠다.

내가 널 만난 건 이러기 위해서였나 봐.

너는 내게 처음으로 희망이란 걸 보여 준 녀석이야.

널 살릴 수 있어서 다행이다.

네가 많이 울지 않았으면 좋겠어. 바율 넌 의외로 강단이 있으니까 잘 이겨 낼 거라고 믿는다.

날 위해서, 네 형을 위해서 더 열심히 살아 줘라.

그동안 고마웠어.

너의 룸메이트, 퀸이.

서찰을 손에 쥔 바율의 손이 부들부들 떨렸다. 믿을 수가 없었다.

퀸이 자신을 대신해서 목숨을 버렸다. 조금 전 안치소에서 보았던 건 퀸의 시신이었다. 녀석이 자는 게 아닌 것 같다는 느낌을 받았을 때, 바율은 녀석을 미친 듯이 흔들어서 깨우려고 노력했다.

하지만 아무리 때리고 충격을 줘도 퀸은 일어나지 않았다. 점점 더 싸늘하게 식어 가기만 할 뿐이었다.

털썩!

다리에 힘이 풀렸다. 바율이 맨바닥에 주저앉자 기숙사로 함께 달려온 친구들이 움찔하며 놀랐지만, 그들 역시 온전하게 몸을 가눌 기운이 없었다.

하루 사이에 친구를 둘이나 잃었다. 비록 개중 바율은 살아 돌아왔지만, 맘 편히 기뻐할 수가 없었다. 녀석 대신 퀸이 스스로 생을 마감했다는 건 친구들에게도 엄청난 충격이었다.

바율에 이어 다들 바닥으로 주저앉았다. 어제까지만 해도 축제로 인해 신나고 즐거웠던 아카데미가 지금은 생지옥이 되어 가고 있었다.

"…말리지 그랬어. 너희가 좀 말려 주지…… 퀸이…… 퀸을 이렇게 떠나보내면 안 되는 거잖아."

바율이 울먹거리며 친구들에게 원망을 쏟아 냈다.

"내가 뭐라고…… 대체 내가 뭐라고 이렇게까지 하는 거야. 날 보고 어떻게 살라는 건데? 내가 퀸을 그렇게 보내고 제정신으로 살 수 있겠어? 다들 날 그렇게 생각하는 거야?"

"바율, 당연히 그렇게 생각하지 않아."

"그럼 말렸어야지! 나는 내가 죽은 것도 몰랐어! 무사히 치료를 받고 깨어난 줄로만 알았다고!"

"네가 지금 흥분한 건 알겠는데, 우리가 퀸의 계획을 알고 있었다면 가만히 있었겠어?"

"…뭐?"

"이 편지도 좀 전에 발견하고 신전으로 뛰어갔던 거야. 아무도 몰랐다고. 퀸이 그런 걸 미리 말해 주겠어?"

아니. 조금만 이성적으로 생각해 보면 아니었다. 퀸은 절대 이런 걸 말하는 스타일이 아니었다.

그건 편지만 봐도 알 수 있었다. 자신의 죽음을 앞두고 이렇듯 담담하게 편지를 쓸 수 있는 건 녀석밖에 없을 것이다.

정말이지 끝까지 퀸다워서 바율은 헛웃음이 튀어나왔다.

"매정한 놈. 마지막까지 저만 잘났지."

에이단이 흘러내리는 눈물을 거칠게 훔치며 퀸을 욕했다.

"어떻게 이런 결정을 혼자서 할 수가 있느냐 말이야. 우리를 진정 친구로 생각하긴 한 거야? 냉정한 자식인 건 진즉에 알았지만, 내가 진짜 이 정도일 줄은 몰랐다. 이렇게 잔인한 새끼인 줄은 몰랐다고!"

"처음부터 가까이하는 게 아니었어. 그딴 인어족 새끼는 무시하고 지냈어야 했는데, 내가 오지랖이 넓었던 거야. 남은 우리 보고 뭘 어쩌라고!"

일라이가 고함을 지르자 기숙사 방이 무너질 것처럼 흔들렸다. 누가 봐도 이상한 광경이었지만, 현재 그런 걸 의아하게 여길 만큼 여유 있는 상황이 아니었다. 퀸의 무모한 선택에 다들 격분하다가 끝내는 누가 먼저랄 것 없이 오열을 토했다.

퀸은 이제 세상에 없다.

어디에서도 다신 만날 수가 없다.

그 두 가지 사실이 바율로 하여금 엄청난 죄책감과 함께 두려움을 느끼게 했다. 룸메이트였던 퀸에게 많은 것을 의지하고 있었던 바율이다. 둘이 썼던 이 기숙사를 앞으로 혼자 사용해야 한다는 사실에 끔찍한 감정이 몰려들었다.

5.

아카데미가 또다시 발칵 뒤집혔다. 죽었던 바율이 살아 돌아오고, 대신 퀸이 죽었다는 믿기지 않는 얘기가 아카데미 전체에 파다하게 번졌다.

바율이 신전에서 나와 부리나케 기숙사를 향해 뛰어가는 모습을 한두 명도 아니고 많은 아이들이 보았다. 처음엔 전부 자신들의 눈을 의심하던 그들이 모든 게 사실임을 깨달은 것은, 그 뒤를 급히 좇는 황태자를 보았기 때문이다.

졸지에 안치소의 주인이 바뀌었다.

바율을 덮고 있던 백색의 천이 그대로 퀸의 시신을 덮었다. 황태자의 명으로 안치소는 다시금 삼엄한 경비 태세에 들어갔다.

"바율……."

얼마나 울었는지, 어떻게 시간이 흘러갔는지도 알지 못했다. 더는 나올 게 없는지 눈물도 마른 상태였지만, 바율은 여전히 바닥에 주저앉아 망연자실 허공만 바라보고 있었다.

"황태자 전하……."

방문객을 알아본 친구들이 뒤늦게 정신을 차리고 황태자를 맞았지만, 바율은 꼼짝도 하지 않았다. 멍한 시선의 끝에 초점이라곤 없었다.

친구의 목숨을 대가로 살아난, 덤과 같은 목숨이다.

과연 이렇게 사는 것이 의미가 있을까?

나는 잘 살아 낼 수 있을까?

바율은 혼란 속에서 숨을 헐떡였다.

나 때문에 대체 몇 명이나 죽게 되는 걸까. 처음엔 형이었고 이제는 퀸이었다. 다음은 누구일까?

"흐흑!"

그런 생각을 하다 보니 말라 버린 줄 알았던 눈물이 다시금 쏟아졌다.

'바율······.'

황태자는 선뜻 다가서지 못했다. 그 역시 퀸의 죽음에 일말의 책임감을 느끼는 탓이다.

퀸이 바율에게 할 말이 있다며 황태자의 병실을 찾아왔을 때, 죽은 바율에게 말해 봐야 들을 수 없을 거라던 그의 말에 퀸은 이상한 소리를 했었다.

"듣게······ 될 겁니다."

그때는 설마 그 말의 뜻이 이런 거일 줄은 전혀 상상도 못 했다.

진정 신기한 능력이 아닐 수 없었다.

누군가의 상처를 그대로 자신에게 가져와서 치료하는 그런 마법 같은 재주라니. 상처를 낫게 하는 건 신관들이나 할 수 있는 거라고 알고 있었기에 린데만 황태자는 크게 놀란 한편, 안타까웠다.

퀸의 숭고한 희생정신을 결코 가벼이 넘기지 않을 생각
이었다. 그가 바율을 살림으로써 바율로 인해 살아난 황태
자 또한 그에게 목숨을 빚진 것이나 마찬가지였다.

생명의 은인이자 인어국의 왕자인 퀸에게 그의 신분에
맞는 적법한 장례를 치러 줄 것이다. 그것이 황태자로서 그
가 해 줄 수 있는 유일한 고마움의 표시였다.

"도련님! 바율 도련님!"

그때 바깥에서 바율을 애타게 부르짖는 음성이 들렸다.
그새 소식이 전해진 모양이었다. 기숙사의 방문이 떨어질
것처럼 쾅 하고 열리며 리타와 함께 이언이 등장했다.

"으아아앙! 도련니이님!"

직접 보기 전까지는 믿을 수가 없었다. 아침 일찍 바율의
부고를 접한 뒤 울고불고하며 혼절하기 일쑤였던 리타가
정말로 살아 있는 바율을 발견하고 달려와 거칠게 안겼다.
그리고 기숙사가 떠나갈 듯 엄청난 소리로 울어 댔다.

그녀의 심정을 십분 이해하기에 누구도 말리지 않았다.
신분의 격차는 있으나, 같은 어미의 젖을 먹고 자란 누이
같은 존재였다.

리타가 바율의 품에 안긴 채 오랫동안 흐느꼈다. 걱정,
불안감, 안도 등 숱한 감정들이 그녀에게서 느껴졌다.

퀸의 죽음으로 정신을 거의 놓다시피 한 바율이었지만,

리타에게만큼은 달랐다. 녀석은 용케 그녀를 가슴에 안고 머리를 쓰다듬어 주며 등을 토닥였다.

난 괜찮아.

걱정 끼쳐서 미안해.

바율의 손길에 담긴 건 그런 말들이었다.

그 모습을 지켜보며 이언도 몰래 눈물을 훔쳤다. 바율이 죽고 형벌 같은 시간을 보내고 있던 그에게 바율의 부활은 그야말로 기대하지 못했던 선물이었다.

물론 퀸에게는 미안한 마음이 들었으나, 바율의 수행 기사로서 이언에게 중요한 건 바율일 수밖에 없었다. 퀸의 희생이 안타깝지만, 바율을 다시 볼 수 있어서 고맙고 기쁜 것도 사실이었다.

"도련님…… 공작 전하께서 조만간 도착하실 겁니다."

"…아버지께서요?"

리타가 어느 정도 진정했을 때 이언이 다가가 예를 표하며 공작에게 연락을 취했던 것을 보고했다.

"예. 도착해서 도련님을 뵈면 깜짝 놀라실 테지만, 분명 기뻐하실 겁니다."

"난…… 난 하나도 기쁘지 않아요."

바율의 얼굴이 다시금 비통하게 일그러졌다.

"나 대신 퀸이 죽었어요. 날 위해 그 녀석이 자기 목숨을

버렸다고요. 바꿔야 해…… 내가 죽고, 퀸이 다시 살아야
한다고!"

그럴 방법이 없음을 잘 알면서도 바율은 거의 발작적으
로 소리쳤다.

"도련님! 진정하세요! 이러시면 심신에 무리가 갈 거라
고요!"

"얘들아, 록하는 지금 어디에 있어?"

리타의 만류에도 바율은 진정하기는커녕 격한 태도로 록
하를 찾았다.

"그 녀석이 그랬잖아. 내 손금이 죽었다가 다시 살아날
운명이라고. 진짜로 그렇게 되었어. 녀석에게 물어보면 뭔
가 방법을 알아낼 수 있을지도 몰라!"

뭐라도 해 봐야 했다. 퀸이 그랬던 것처럼 바율도 뭐든
시도해 봐야 했다. 이대로 가만히 있다가는 머리가 터질 것
만 같았다.

"거긴 우리가 이미 가 봤어. 록하는 그냥 손금을 읽기만
하는 거지, 그 이상은 모른대."

"아니야! 퀸도 방법이 있을 거야! 내가 무슨 수를 쓰더라
도 녀석을 살려 낼 거야!"

바율이 이토록 흥분한 걸 본 적이 없었다. 녀석의 발악에
차마 누구도 나서서 말리지 못했다. 저러다 정신착란이라

도 오는 건 아닌지 걱정이 들 정도였다.

"방법이 아주 없지는 않지."

그때 누군가 불쑥 기숙사 방으로 들어섰다. 인기척을 전혀 느끼지 못하였다. 본능적으로 이언의 손이 허리춤에 찬 검집을 향해 움직였다.

"…데스?"

하나 뜻밖에도 그 불청객은 데스였다. 본가에 일이 있다며 잠시 자리를 비웠던 데스가 저택이 아닌 아카데미로 복귀한 것이다.

"데스! 방법이라니요? 퀸을 살릴 방법이 있기라도 하다는 겁니까?"

바율이 한달음에 데스에게로 달려갔다. 이곳에서는 하인으로 생활하고 있지만, 그의 진짜 정체는 마신이었다. 그가 방법이 있다면 허튼소린 아닐 것이다.

"저 아이."

데스가 돌연 일라이를 손으로 찍었다.

"저 아이의 아버지라면 가능해."

일라이의 아버지라면 이사장인 라예가르였다. 그는 실력 있는 마법사이긴 했다. 하지만 마법으로 죽은 자를 살려 냈다는 얘기는 들어 본 적이 없었다.

바율뿐 아니라 함께 있는 모두가 의아해할 때, 오직 한 사람. 일라이만이 데스를 보며 부르르 몸을 떨었다. 마치 뭔가를 들킨 사람처럼 말이다.

"이제 진짜 네 정체를 밝힐 때도 되었잖아?"

데스의 앞머리에 가려진 까만색 눈동자에서 언뜻 붉은 기운이 일렁였다.

"다, 당신……!"

그리고 그때, 일라이는 데스가 누군지 알아차렸다. 이제껏 몰랐던 게 어이없을 정도로 엄청난 마기가 데스에게서 흘러나왔다.

Chapter 9.
돌아온 데스

1.

"일단 주변 정리를 먼저 하는 게 어때? 보는 눈들이 많은 것 같은데."

데스의 말에 일라이가 그제야 주변의 시선을 의식했다. 친구들은 차치하고서라도 리타와 이언에다가 황태자까지 좁은 방 안에 몰려 있었다. 게다가 문밖으로는 기사들이 쫙 깔렸다.

지금이니 그나마 이 정도이지, 잠시 후면 더 많은 이들이 나타날 것이다. 로티어스 교수는 물론이고 총장부터 이사장까지 싹 다 들이닥칠 게 분명했다.

"데스, 진짜 방법이 있긴 한 거예요?"

바율이 친구들에게 들릴 정도로만 조용히 속삭였다.

그의 말이니 믿지 않을 수가 없었다. 어째서 퀸을 살릴 방법으로 일라이의 양부인 라예가르가 지목된 것인지는 모르겠으나, 바율은 일말의 희망이라도 잡아야 했다.

"내가 언제 거짓말하는 거 봤어?"

아니, 보지 못했다.

바율이 고개를 가로젓자 데스가 그를 똑바로 쳐다보며 말했다.

"우선은 흥분을 가라앉히고 내 말대로 해. 여기에서 이야기하는 건 좋지 않아. 조용한 공간이 필요해."

"…조용한 공간이요?"

"이곳에서 얘기하면 곤란해질 사람이 있거든."

"그런 곳이라면 제가 아는 데가 하나 있어요!"

에이단이 훅 끼어들었다.

데스는 테이머인 바르의 형이었다. 그런 만큼 그 역시 결코 평범하지 않을 거란 건 이미 어느 정도 눈치채고 있었다. 물론 그들의 정체가 마족일 거라고는 전혀 상상도 못하겠지만 말이다.

"대충 어디를 말하는지는 알 것 같군."

밤마다 비밀 훈련을 하던 곳. 블랙의 탈을 쓰고 아카데미 안을 돌아다니곤 했던 데스가 모를 리 없었다.

"그럼 당장 여기 사람들을 문밖으로 좀 치워 주겠어?"

"…치우라고요?"

"이후엔 내가 알아서 하지."

일라이는 데스가 등장한 순간부터 말이 없었다. 그저 혼란과 두려움이 뒤섞인 눈빛으로 그를 바라보기만 할 뿐이었다.

"바율……."

데스의 태도가 못내 찝찝했던지 로건이 뒤늦게 바율을 말리려고 나서 보았다. 이대로 데스라는 자의 말을 들어야 하는지 그는 도저히 판단이 서질 않았다. 로건에게 상대는 그저 조금 특이한 하인일 뿐이었기 때문이다.

"로건, 지금은 퀸을 살리는 게 더 급해. 내가 나중에 다 설명해 줄 테니까 그냥 넘어가 줘."

로건은 평소답지 않게 무척이나 단호한 바율의 말투에 내심 당황했지만, 더 나서지 말아야 할 상황이란 것쯤은 이해했다.

"황태자 전하…… 죄송하지만, 자리를 비켜 주시겠습니까?"

데스가 이렇게까지 나온 이상, 마족이라는 그의 정체가 드러날 수도 있었다. 그걸 막기 위해선 친구들을 제외한 모두가 이 방에서 사라져야 했다.

"하지만 바율, 난 퀸의 죽음에 책임이 있어. 나도 도울 게. 어떻게든 도움이 될 수 있을 거야."

"아닙니다, 황태자 전하. 지금은 물러나 주시는 게 도와 주시는 거예요. 곧 아버지가 오실 겁니다. 그때 전부 설명 해 드릴게요. 시간이 없습니다."

퀸이 자신을 살리는 데 하루라는 시간의 제약이 있다고 했었다. 녀석을 부활시키는 방법이 무엇인지는 몰라도, 그 또한 조건이 있을 것이다. 바율은 마음이 급했다.

"이언 경도 리타를 데리고 잠시 나가 주시겠어요?"

"아니요, 절대 그럴 수 없습니다."

"저도 싫어요, 도련님! 도련님 곁에서 절대 안 떨어질 거 예요!"

"리타, 부탁이야. 내 말대로⋯⋯!"

바율이 설득할 새도 없었다. 데스가 리타에게로 걸어가 그녀의 목 어딘가를 건드리자 리타가 스르륵 기절했다.

"여기 눕히면 되겠지?"

그러고는 그녀를 가뿐하게 들어 바율의 침대에 눕혔다. 데스의 신묘한 기술에 일라이를 뺀 모두가 깜짝 놀랐다.

"이언 경은 데리고 가지."

"그래도 괜찮겠어요?"

"어차피 알게 될 테니까."

이언은 아마 절대 떨어지지 않으려 할 것이다. 그로선 본인의 실수로 바율을 잃었었다고 생각할 테니. 란데르트 공작이 도착하면 전부 알게 될 일, 조금 먼저 안다고 해서 달라지는 건 없었다.

"뭐야, 그럼 쫓겨나는 건 나뿐인 건가?"

린데만 황태자가 대단히 아쉬운 투로 일행을 일별했다.

"나중에 아버지와 함께 찾아뵙도록 할게요. 지금은 절 믿어 주시고 물러나 주십시오. 부탁드립니다, 황태자 전하."

생명의 은인인 바율이 이렇게까지 말하는데 듣지 않을 수 없었다. 머뭇거리던 린데만 황태자가 데스를 묘한 눈길로 응시했다. 그 이름을 기억하고 있는 탓이다.

교수들과의 조찬 모임에서 이사장인 라예가르가 난데없이 그 이름을 꺼내며 관심을 보였을 때, 그 정체가 하인이라는 소리를 듣고 많은 이들이 어이없어했었다.

하지만 이제 보니 그가 데스를 신경 쓸 만한 이유가 있었던 게 분명하다. 그저 그런 하인의 인상이 절대 아니었다. 그를 대하는 바율의 태도부터가 일반적이지 않았다.

사태의 추이가 몹시 궁금하지만, 지금은 자리를 비켜 줘야 할 때인 것 같다. 황태자가 고개를 끄덕이며 기사들과 함께 기숙사 방을 나섰다.

실내에는 이제 바율과 친구들, 그리고 데스와 이언만이 남았다. 물론 리타도 있었지만 녀석은 의식을 잃은 채였다.

"다들 준비됐겠지?"

"준비라니요? 무슨 준비요?"

"오두막으로 이동할 거야. 여기서는 잠시 후에 벌어질 일을 감당 못 하거든."

데스가 이해하지 못할 소리만 연신 내뱉었다. 그에 바율이 무어라 말을 더하려는데 돌연 검은 기운이 실내에 몰아쳤다.

그 기운은 말할 것도 없이 데스에게서 나온 것이었다. 까만 연기 같은 그것이 일행을 모두 휘감은 순간, 번쩍하며 뭔가가 폭발했다.

그리고 다들 다시금 정신을 차렸을 땐, 더 이상 기숙사 방 안이 아니었다. 타락의 숲에 위치한 비밀 공간, 그들의 오두막에 들어와 있었다.

"우, 우리 지금 공간 이동한 거예요?"

제일 먼저 입을 뗀 것은 에이단이었다. 녀석이 입이 쩍 벌어진 채로 주위를 살피다가 이내 밖으로 뛰어 나갔다. 이미 눈에 익은 오두막 내부이긴 했지만, 혹시 몰라 확인이 필요했다.

"대박! 진짜네! 이게 대체 무슨 일이지?"

익숙한 공터가 보이자 에이단이 놀란 얼굴로 다시 뛰어 들어왔다.

"데스, 마법사였어요? 근데 왜 말 안 했어요? 아니, 애초에 마법사가 하인으로 취직을 왜 한 거죠?"

그 이유를 알면 기가 막힐 것이다. 데스가 답을 하지 않고 있는 것이 천만다행이었다.

"근데 공간 이동이라는 거…… 9서클 마법사만 할 수 있는 마법 아니었던가? 난 그렇게 알고 있었는데?"

9서클 마법사가 현존하는 세상이었다. 마법 쪽으로는 관심이 없어 자세히는 몰라도, 대륙을 통틀어서 아마 서너 명밖에 되지 않을 것이다.

데스가 그런 엄청난 마법사 중 하나라니, 방금 전 실제로 공간 이동을 경험했으면서도 에이단은 쉬이 믿을 수가 없었다.

"난 마법사가 아니다."

"…아니라고요? 그럼 뭔데요?"

"난 하찮은 마법 따위는 부리지 않아."

"헐! 지금 마법이 하찮다고 했어요? 이런 엄청난 실력을 보여 놓고 그런 말이 나옵니까?"

너무 놀란 탓일까. 에이단은 작금이 어떤 상황인지도 잊은 채 데스에게 따지고 들었다.

"마법이 아니면 뭡니까? 설명을 해 보시죠?"

"그건 네 친구한테 듣는 게 어때?"

데스가 히죽 웃으며 일행의 뒤편에 서 있는 일라이를 지목했다. 그러고 보니 녀석은 아까부터 멀찌감치 떨어져서 경계 태세였다. 마법을 공부하는 녀석이 마법사를 경계하다니. 이상해도 너무 이상한 반응이다.

"라이, 너 왜 그러냐? 어디 아파?"

에이단이 걱정하며 일라이에게 다가서는데, 돌연 이언이 바율과 친구들의 앞으로 나서며 데스를 막아섰다. 그는 긴장한 기색이 역력했다.

"정체가 뭐지?"

"나 말인가?"

"전부터 수상한 기미가 있긴 했다만, 도련님에게 해코지할 상은 아니어서 두고 보고 있었는데, 이제는 알아야겠다."

데스가 이전과 달리 하대를 하고 있었지만, 하나도 이상하지 않았다. 그의 태도나 말투는 너무나 자연스러웠다.

"흐음, 그것도 저쪽에게 듣는 게 편할 텐데. 뭐, 보다시피 매우 놀란 상태이니 잠시 기다려 주는 게 좋을 것 같기는 하다만."

데스는 시종일관 여유로웠다. 그에 반해 일라이는 점점

더 안색이 나빠져 갔다. 바율의 짐작이지만 데스가 마족이라는 걸 알아차린 것 같았다.

"라이……."

바율이 걸음을 옮기자 일라이가 손을 내밀어 저지했다. 그가 믿을 수 없다는 듯 자신의 친구를 바라봤다.

"넌…… 알았던 거냐?"

"라이, 그게 있잖아……."

"대답해! 넌 처음부터 알았던 거냐고!"

"아 씨! 대체 뭔 소리들을 하는 거야? 알아듣게 좀 얘기하지?"

에이단이 참지 못하고 버럭 고함을 질렀다. 로건은 침묵한 채 상황을 유심히 지켜보는 중이었다.

"라이, 나도 처음부터 알았던 건 아니야. 당연히 몰랐었어."

"거짓말."

"진짜야. 내가 거짓말을 할 이유가 없잖아. 여름 방학 중 해밀턴에 갔을 때 스피넬이 말해 줘서 알게 된 거라고. 난 정말 짐작도 못 했어!"

일라이가 무슨 수로 데스의 정체를 알아챈 것인지는 모르겠지만, 녀석이 마족에게 반감이 크다는 것은 익히 알던 사실이었다. 해서 바율은 어떻게든 자신의 결백함을 알리려고 노력했다.

"어떻게…… 어떻게 저자가……!"

일라이는 이제껏 데스를 몰라봤다는 게 너무나 수치스럽고 부끄러웠다. 그토록 잦은 만남이 있었음에도 알지 못했다는 건 역시나 자신에게 하자가 있는 게 틀림없었다.

어려서부터 수없이 들었던 말. 저주받은 피를 타고났기 때문인지도 모른다.

"우연이 아니었어…… 아버지는 저자를 일부러 찾아갔던 거야. 그래 놓고 나한테 아무 소리도 안 하다니…… 하핫, 기가 차는군."

"그러니까 데스가 대체 누군데! 너희, 말 안 해 줄 거야? 나 속 터지겠다!"

"…마족."

에이단의 외침에 일라이가 결국 차갑게 뇌까렸다.

"뭐?"

"인간의 영혼을 갉아먹는 더럽고 추악한 마족! 저자는 인간이 아니라 마족이라고!"

"…뭔 개소리야? 라이, 너 미쳤냐?"

에이단이 어처구니없다는 듯 대꾸하며 바율을 돌아봤다.

"바율, 이 자식 갑자기 왜 이러냐? 데스가 마족이라니. 그럴 리가 없잖아. 안 그래요, 데스?"

조금 전, 마법사라면 당연히 행했어야 할 주문조차 없이 공간 이동에 성공한 데스였다. 그럼에도 불구하고 에이단은 데스가 마족이라는 말을 믿지 못했다. 마법에 무지한 것도 한몫했지만, 마족이 어디 가서 쉽게 볼 수 있는 존재도 아니거니와, 인간의 집에서 하인으로 일한다는 건 더더욱 말도 안 되는 이야기였기 때문이다.

"라이, 근데 넌 그걸 어떻게 아는 건데?"

그때 로건이 핵심을 찔렀다.

"데스가 마족인 걸 너는 어떻게 알아본 거야?"

로건은 그게 더 궁금했다.

"호오, 제법이네."

데스가 휘파람을 불며 로건을 칭찬했다.

"내가 아까 여기 오기 전에 기숙사 방에서 그랬지? 이제 네 정체를 밝힐 때도 된 것 같다고."

"아오! 아까부터 자꾸 정체, 정체 그러는데. 데스도 그렇고, 라이도 그렇고. 뭔데, 정말? 설마 진짜 인간이 아니라는 거야? 라이, 너까지 말이야?"

"난…… 나는…….."

모두의 이목이 일라이에게로 집중되었다. 데스를 경계하기만 하던 녀석이 눈까지 내리깔며 입술만 우물거리자 바율과 친구들, 그리고 이언까지 수상하게 느끼지 않을 수 없었다.

"내 아들은 그만 괴롭혔으면 좋겠군."

라예가르가 나타난 건 그때였다. 그가 일행이 여기에 있는 것을 어떻게 알았는지 세라리카 교수와 함께 당당히 오두막의 문을 열고 들어왔다.

"잘 찾아왔네?"

데스가 라예가르를 반기며 손을 흔들었다. 전혀 달갑지 않은 존재였지만, 지금만큼은 그가 필요했다.

"나보고 찾아오라고 그런 거 아니었나? 마기가 아주 진동을 하더군."

"본의 아니게 그럴 수밖에 없었지."

"무슨 일인지 설명해야 할 거다. 감히 내 아들을 위협하는 행위는 용납할 수 없어."

"누가 위협을 했다고 그래? 이제야 날 알아보고 제풀에 놀란 거구만."

데스가 진심으로 억울하다는 표정을 짓자 라예가르가 눈살을 찌푸렸다.

"그건 그렇고 여긴 왜 왔지? 일이 있어 자리를 비웠다고 들었는데."

"그랬었지. 어떤 버러지 같은 놈 때문에 아까운 시간을 낭비하긴 했지만, 수확이 아주 없었던 건 아니야. 미래를 살짝 엿보고 왔거든."

"미래?"

"당신이 퀸을 살려 내는 미래. 그게 보이더라고."

말도 안 되는 이야기인데도 데스가 말하니 묘하게 믿음이 간다. 그건 그의 정체를 아는 바율뿐 아니라 다른 이들도 그러했다. 미래를 보았다는 것 자체가 이상한 일임에도 데스의 확신에 찬 말투 때문인지 정녕 그럴 수 있을 것만 같았다.

"아, 내가 잠시 잊었군. 네 옆에 앞을 내다보는 재주를 가진 눈먼 장님이 하나 있었지."

"아몬은 나 대신 뒷수습을 좀 할 게 있어서 나중에 올 거야."

바율이 궁금해할 거라고 여겼는지 데스가 묻지도 않은 아몬의 행방에 대해 설명을 해 댔다.

"훗, 셋이 아니라 하나라서 그런가? 천박한 마족 냄새가 덜 나기는 하는군."

세라리카 교수였다. 그녀가 아카데미 학생들이 보았다면 다른 사람이라고 착각할 법한 표독한 눈초리로 데스를 노려보며 비아냥거렸다.

"…지금 마족이라고 하셨어요?"

그녀의 태도보다 다시금 거론된 마족이란 단어가 에이단의 심기를 건드렸다. 처음 한 번은 농담으로 치부할 수 있지만, 그 이상이라면 얘기가 달라진다.

"세라리카 교수님께선 데스가 마족이라는 걸 굉장히 확신하고 계시네요."

이번엔 로건이었다. 그가 조금 전 일라이에게 했던 질문을 고대로 그녀에게 던졌다.

"어떻게 알아보신 겁니까? 혹시…… 교수님도 마족이신 겁니까?"

"뭐? 내가 마족이냐고?"

살면서 이보다 더 웃긴 말은 들어 본 적이 없다는 듯 갑자기 세라리카 교수가 박장대소를 터뜨렸다. 허리까지 꺾으며 미친 듯이 웃는 모습이 어쩐지 기괴한 느낌이었다.

"로건이라고 했던가?"

그러던 그녀가 한순간에 차갑게 정색하며 경고했다.

"처음이자 마지막으로 봐주지. 딱 한 번이야. 다시는 날 천한 마족 따위에 빗대지 마라. 그 얇은 목을 확 분질러 버릴지도 모르니까."

순간 지독한 살기가 세라리카 교수에게서 뻗어 나왔다. 그녀의 정체가 무엇이든 간에 교수가 학생에게 할 짓은 절대 아니었다.

"세라."

라예가르가 세라리카 교수의 앞을 가로막으며 그녀를 엄중하게 쳐다보았다.

"내가 널 이곳에 데려온 건 거래 때문이었어. 그사이 얌전히 있겠다고 했던 약속을 잊은 건 아니겠지?"

"어머, 내가 그런 약속을 했던가요? 왜 난 전혀 기억이 안 나지?"

세라리카 교수가 손으로 살짝 입을 가리며 두 눈을 둥그렇게 떴다. 아름다운 그녀의 얼굴이 정말이지 몰랐다는 것 같아 다들 하마터면 감쪽같이 속을 뻔했다. 하지만 상대는 라예가르였다.

"그래? 그럼 내가 기억이 떠오를 수 있도록 좀 도와줘 볼까?"

그쯤은 아무것도 아니라는 듯 라예가르가 입가에 미소를 머금은 채 세라리카 교수를 똑바로 마주했다.

"⋯⋯!"

그런 그의 눈은 조금도 웃고 있지 않았다. 그가 그간 한 번도 본 적 없는 사납고 매서운 눈길로 세라리카 교수를 보았다.

그래서일까. 그녀가 슬쩍 시선을 피하며 뒤로 물러났다. 울컥하는 성질을 참지 못하고 불쑥 터뜨려서 그렇지, 라예가르의 무서움이라면 누구보다 잘 알았다. 지금은 분하더라도 입을 다물 타이밍이었다.

"다시는 내 학생을 그런 식으로 위협하는 것도 용납하지 않겠다. 그땐 사직서만으로 끝나지 않을 거야. 명심했으면 좋겠군."

지금은 이사장님이 교수님을 위협하고 계신 것 아닙니까?

쓸데없는 생각이 일행의 머리를 스쳤지만, 모두 속으로만 그쳤다. 그들이 끼어들 만한 분위기가 아니었다.

"자, 그럼 우린 이제 그만 솔직한 대화를 좀 나눠 볼까?"

"……"

"왜들 갑자기 말이 없지? 내 짐작대로라면 궁금한 것투성이일 텐데?"

라예가르가 특유의 화사한 미소까지 지으며 실내를 돌아봤지만, 누구도 이전처럼 선뜻 나서지 못했다. 그 이유는 대개 비슷했지만 저마다 조금씩 차이는 있었다.

바율은 데스가 마족이라는 걸 알고 있는 유일한 인간이었다. 그렇기에 다른 무엇보다 데스를 대하는 라예가르와 세라리카 교수의 태도가 이상할 수밖에 없었다.

보아하니 그들 역시 데스가 마족이라는 사실을 아는 것 같은데, 그걸 알면서도 그를 이런 식으로 대한다는 게 이해가 안 가는 탓이다. 그들은 놀랍게도 일말의 두려워하는 기색조차 보이지 않았다.

마족을 눈앞에 두고서 이럴 수 있는 인간이 몇이나 되겠는가?

바율 역시 처음 데스의 정체를 알았을 때 그를 두려워하며 거리를 두려 했었다. 이건 아무리 봐도 정상적인 반응이 아니었다.

바율이 이 정도인데 에이단과 로건은 어떻겠는가. 처음엔 개소리라며 일축했던 에이단은 뭔가 이상함을 감지했는지 전에 없이 심각한 얼굴로 장내를 훑고 있었다. 그런 녀석의 시선 끝에는 친구인 일라이까지 들어가 있었다.

이언은 이언 나름대로 그간 데스를 기이하게 여기던 차였고, 로건은 상상조차 못 했던 상황이지만 돌아가는 정황을 보니 정녕 데스가 마족이라는 것에 점점 무게감이 실렸다.

해서 그는 어느 틈엔가 이언과 함께 바율을 호위하듯 곁에 붙어 섰다. 지금껏 데스는 아무런 위해도 가하지 않았지만, 마족이라는 무시무시한 말을 듣고도 멍하니 있을 수만은 없었다.

어째서 마족이 바율의 곁에, 그것도 하인으로 있었던 것인지는 모르나 이제라도 경계를 확실하게 서야 할 듯싶었다.

"내 입으로 밝히는 게 빠를 것 같군. 이미 얘기가 나왔는데도 당최 믿지를 않으니 별수가 있나."

데스가 피식 웃으며 인정했다.

"나 마족 맞아. 그동안 사정이 있어서 바율 집에 하인으로 취직해서 지냈던 거고."

"…진짜야, 바율?"

데스의 어조는 너무나 평이했다. 그래선지 현실감이 다소 떨어진다고 해야 할까. 그에 에이단이 묻자 바율이 미안한 기색으로 고개를 끄덕이며 덧붙였다.

"나도 처음엔 몰랐어. 방학 중에 알게 된 거야. 자세한 사정에 대해선 나중에 천천히 다 설명해 줄게."

지금은 그런 걸 자세히 말할 시기가 아니기에 바율은 사전에 질문을 차단했다.

"우리 이대로…… 괜찮은 건가?"

마족이 눈앞에 있다. 이런 건 단 한 번도 생각해 보지 못했다.

인간인 그들에게 마족이란 인간의 영혼을 갈취하는 사악한 족속들이다. 절대 믿어서는 안 되고, 만나서도 안 되는 기피 대상 1호라고 할 수 있었다. 저절로 일행의 발걸음이 데스에게서 멀어졌다.

"행동이 굼뜨네."

예상했던 바이기에 데스는 그저 어깨를 으쓱일 뿐이었다.

"데스는 괜찮아. 마족이라고 해서 다 나쁜 건 아니라고 전에 에이단 너도 말했었잖아. 바르와 아몬도 전부 착한 마족들이야."

"쿨럭! 그들 삼 형제가 전부 마족이었던 거냐?"

"보고 있는데도 전혀 와닿지가 않는군."

"장막에 가려진 듯한 알쏭달쏭한 느낌. 그 이유가 이것이었군요."

이언의 궁금증이 풀리는 순간이었다. 란데르트 공작 전하께서 몰라봤던 이유도 이런 거라면 설명이 가능하다.

"이젠 그쪽 차례야. 해명해야지?"

데스가 본인은 끝났다는 듯 라예가르에게 턱짓하며 화두를 넘겼다.

바율은 자기도 모르게 크게 숨을 들이켰다. 데스가 일전에 말하길 마족은 아니라고 하였다.

하나 정체를 운운하는 게 인간이 아닌 것은 분명하다. 더욱이 데스의 말이 진실이라면 라예가르는 퀸을 살릴 수 있는 열쇠를 지니고 있었다.

라이…… 넌 누구니?

대체 네 정체가 뭐기에 마족을 그토록 증오하는 거니?

바율은 물론이고 에이단, 로건, 이언의 관심이 일라이와 라예가르, 그리고 세라리카 교수에게로 향했다.

그러나 한참이 지나도 그들 셋의 입은 열리지 않았다. 라예가르와 세라리카 교수는 애초에 말할 생각이 없어 보였고, 일라이는 또다시 우물쭈물 미적지근하게 굴었다.

"라이……."

바율은 일라이에게 한 걸음 다가갔다.

"뭘 망설이는지 모르겠지만, 난 네가 누구든 상관하지 않아. 네 본모습이 뭐든 간에 우리가 친구 사이라는 건 변함없어. 안 그래, 에이단? 로건?"

"그건 당연하지. 마족도 있는 마당에 더 놀랄 일이 뭐가 있겠어? 대륙에 이종족이 어디 한둘인가."

"우리에게 라이 넌 그냥 라이일 뿐이야."

"들었지, 라이? 퀸의 목숨이 달린 문제야. 더 이상 회피하지 말았으면 좋겠어."

아직도 왜 퀸을 살리는 것에 일라이의 양부인 라예가르의 힘이 필요한지는 모르겠다. 또 왜 그들의 정체를 꼭 알아야 하는지도 바율은 알지 못했다.

다만 중요한 건 퀸을 서둘러 살려 내야 한다는 것이었고, 그걸 할 수 있는 게 이사장이란 사실이었다.

"나는…… 이야."

"뭐?"

"크게 말해 봐. 뭐라는 거야?"

"그러니까…… 실은 내가 인간이 아니라…… 곤이라고."

"아 씨, 너희는 저 자식 목소리 제대로 들리냐?"

에이단이 짜증 난다는 듯 인상을 구기며 친구들을 돌아봤다. 평소 자신만만하기만 하던 녀석이기에 정말이지 하나도 어울리지 않았다.

그때, 보다 못한 라예가르가 툭 던지듯 내뱉었다.

"드래곤."

"……?"

적당한 톤에 완벽한 발성이었다. 하지만 들은 말이 생소한 탓이었을까. 다들 제대로 듣고서도 고개를 갸웃하며 눈만 끔벅거렸다.

"설마 드래곤을 모르는 거야? 마족은 알면서?"

친구들의 반응을 오해한 듯 라예가르가 미간을 찌푸렸다.

하지만 그건 아니었다. 전혀 생각지도 못했던 단어가 튀어나와서 잠시 두뇌가 정지된 것뿐이지, 드래곤을 어찌 모르겠는가.

실존하는 지상 최강의 생명체.

마법의 화신.

인간계의 수호자.

만 년의 수명을 타고난 그들은 인간에 비하면 거의 신이라 칭할 수 있는 고귀하고 위대한 존재들이었다.

"…드래곤을 어떻게 몰라요. 압니다."

"그렇지? 난 또 조용하길래 드래곤을 모르는 건가, 어이가 날아갈 뻔했네."

라예가르가 '그럼, 그렇지' 하며 머리를 쓸어 넘겼다.

"근데…… 질문이 있습니다."

"해 봐."

"제가 이해한 게 맞는다면…… 라이도, 이사장님도…… 전부 드래곤…… 이라는 겁니까? 세라리카 교수님까지……?"

황당함이 섞인 에이단의 물음에 라예가르가 싱긋 웃으며 대답했다.

"정확히 이해한 거야. 정체를 까발린 김에 나도 하나만 묻자. 드래곤을 셋이나 마주하고 있는 기분이 어때? 한 사람씩 얘기 좀 해 볼래? 이런 건 우리도 처음이라서 되게 궁금하거든."

기분이 어떠냐고요?

불과 몇 분 간격으로 마족과 드래곤이 나타났다. 평생 살면서 볼 일이 없을 거라 생각했던 존재들이었거늘, 사실은 그간 쭉 함께 지내 왔던 것이다.

상상조차 해 보지 못한 그들의 진짜 정체에 바율은 잠시지만 퀸의 죽음까지도 잊었다. 놀라움이 크면 늘 그렇듯, 머릿속이 텅 빈 것처럼 아무런 생각도 나지 않았다.

Chapter 10.
일라이의 정체

1.

　오두막을 아지트로 이용하기 시작한 이래로 가장 많은 인원이 실내를 채우고 있었지만, 지금보다 고요했던 적은 없었다.

　인간, 마족, 드래곤.

　삼파전의 구조. 그렇게 서로 대치 아닌 대치를 이룬 상태로 제법 긴 시간이 흘렀다.

　바율과 친구들은 현실을 받아들이는 데 많은 에너지를 쏟아부었고, 마족인 데스는 홀로 벽에 기대어 사태를 관망 중이었으며, 드래곤 일당(?) 중 라예가르는 어서 대답해 보라는 듯 계속 종용의 눈빛을 보내고 있었다.

세라리카 교수는 여전히 데스에게 적의를 드러내고 있었
는데, 데스는 별로 신경도 안 쓰는 눈치였다. 일라이는 미
안함 때문인지 아까부터 친구들과 눈도 마주치지 못했다.

"저기 말이야…… 라이."

에이단이 불쑥 말을 꺼낸 것은 라예가르가 지루함에 몸
부림을 치기 직전이었다.

"나 방금 전에 생각난 게 하나 있는데……."

"…뭔데?"

"네가 진짜 나랑 같은 인간이 아니라…… 드래곤이라
고?"

어, 맞아.

일라이가 고개를 끄덕이며 긍정하자 에이단의 안색이 굳
어졌다.

"내가 언젠가 책에서 그런 내용을 본 적이 있거든?"

"책?"

"드래곤은 반짝거리고 비싼 걸 무지 좋아한다지? 그러니
까 황금이나 보석 같은 거. 레어에 산처럼 막 쌓아 두고 한
다던데."

"보통은 그렇지……."

"당연히 너도 그 보통에 포함되고?"

끄덕.

"허구한 날 화려한 붉은색 옷차림에 여기저기 주렁주렁 달고 다니던 액세서리들. 이제 보니 다 이유가 있었던 거야. 그치?"

일라이를 보는 에이단의 시선이 점점 가늘어졌다.

"근데 왜 그랬냐?"

"뭘 말이야?"

"너도 반짝거리고 비싼 걸 좋아하는 보통의 드래곤이면 값비싼 보물들 엄청 많을 거잖아. 왜 가난한 학생인 척했어?"

"아, 그거야⋯⋯."

"내가 귀족인 거 말 안 했다고 그렇게 생난리를 치더니, 넌 심지어 가난한 고아 행세를 했냐? 최소한 나는 말을 안 한 거지, 너처럼 속이지는 않았거든?"

"에이단, 그건 나도 어쩔 수가 없었어. 내가 내 진짜 신분을 드러내는 건 말도 안 되는 일이잖아."

아카데미에 입학하면서 지원서에 신분을 드래곤이라고 쓸 수는 없지 않은가? 속인 건 미안하지만, 일라이에게는 나름대로 정당한 이유가 있었다.

"그래, 뭐 그건 그렇다 치자! 그래도 부잣집 아들 행세 정도는 할 수 있었던 거잖아. 안 그러냐, 애들아?"

에이단의 다혈질 성격이 슬슬 올라오는 듯했다. 녀석은

일라이가 드래곤이라는 사실을 숨긴 것보다 가난한 학생인
척 굴었다는 것에 더 분노하는 듯했다.

"서, 설정이야!"

"뭐라고?"

"주말에 알바를 뛰어야 먹고 살 수 있는 가난한 형편이
지만, 실력과 외모는 누구보다 출중한 모범생. 그게 내가
아카데미에 입학할 때 짠 설정이라고!"

"…얘 지금 뭐라는 거냐? 설정?"

"그래, 설정! 가끔 위험한 순간이 있긴 했지만, 난 여태
껏 내가 짠 설정에 충실했을 뿐이라고!"

"헐, 그걸 지금 핑계라고 대는 거냐?"

근래 들어 이보다 어이없는 말은 들어 본 적이 없었다.
에이단이 기가 차서 말을 잇지 못하는데, 로건이 끼어들었
다.

"나도 의문점이 하나 있어."

"무슨 의문점?"

"드래곤은 나면서부터 마법을 쓸 줄 아는 종족 아니었던
가? 마법이라면 이미 실력이 출중할 텐데, 굳이 마법학부
에 들어간 이유가 뭐지?"

"그야 인간의 마법이 궁금해서."

무슨 그런 간단하고 당연한 걸 묻느냐는 듯한 말투로 일

라이가 대구했다. 친구들이 그의 존재를 받아들이는 것 같자 속이 시원해지기라도 했는지 녀석은 더 이상 기죽지도, 미안해하지도 않았다. 본연의 자신만만한 모습으로 돌아가 있었다.

"용언으로 이뤄지는 드래곤의 마법과 주문이 있어야만 발동하는 인간의 마법에 어떤 차이가 있는지 나름대로 연구 중이야."

"할 일 더럽게 없나 보다, 너도."

"학부 수석 차지한 거 보면 모르냐? 나 공부 엄청 열심히 하고 있어. 모범생 설정을 얼마나 잘 지키고 있는데!"

"그래서 지금 잘했다는 거냐? 뻥이란 뻥은 죄다 쳐 놓고, 죄책감은 조금도 안 느껴지나 보지?"

"…전부 다 거짓은 아니었어."

에이단의 서슬 퍼런 목소리에 일라이가 스리슬쩍 꼬리를 말았다. 일전에 에이단이 레오네트 백작가의 차남이라는 게 밝혀졌을 때와 비슷한 상황이었다.

그때 부잣집 도련님에게 자신의 피 같은 돈을 낭비했다며 길길이 날뛰던 일라이의 모습이 바율은 불현듯 떠올랐다.

녀석은 정말로 모든 걸 직접 벌어서 충당했을까?

갑자기 쓸데없는 의문이 생겨났다.

"설정에 충실했다면서. 전부 거짓이 아니면, 뭐가 진짜 인데?"

"…태어날 때부터 나 혼자였다는 것. 그래서 지독하게 외로웠다는 것. 그건 진짜야."

신분을 속이기는 했지만 적어도 과거를 꾸미지는 않았다. 인간으로 살면서 처음 사귄 친구들이었다. 녀석들에게 만큼은 사실대로 말하고 싶었다.

"우 씨, 이게 불쌍한 척하면 다냐? 그럼 내가 얼씨구나 하고 넘어가 줄 줄 알았어?"

잠시 멈칫하던 에이단이 일라이에게로 달려들었다. 그러더니 복수라도 하듯 녀석의 머리와 몸통을 손바닥으로 마구 내리쳤다.

"아아, 분하다! 내가 가짜 설정에 놀아났다니!"

"야야, 아파! 그만해!"

"에이단, 참아! 그러다 다치겠어!"

로건이 황급히 에이단의 양팔을 붙잡았고, 바율이 일라이의 앞을 막아섰다.

"에이, 저 다혈질 자식 때문에 스타일 다 구겨졌네."

"뭐야? 네가 아직 덜 맞았지? 앙?"

일라이가 흐트러진 머리와 옷을 정리하며 구시렁거리자 에이단이 로건에게 잡힌 채 허공에 발길질을 해 댔다.

"힘들게 번 돈으로 사는 거라면서 그렇게 생색을 내더니만, 그게 다 뻥이었다고? 내가 그동안 너한테 얼마나 미안하면서도 고마워했는지 알아? 이 사기꾼 드래곤 새끼야!"

"에이단, 너 말이 좀 심한 거 아니냐? 사기꾼이라니! 난 설정에 맞췄을 뿐이라니까?"

"그놈의 설정 얘기 한 번만 더하면 확 없애 버린다, 너!"

"네가 날 어떻게 없앨 건데? 쪼그만 녀석이 성질만 더러워서는!"

"라이!"

건드리지 말아야 할 것을 건드렸다. 에이단이 가장 싫어하는 말이 일라이에게서 튀어나오자 바율이 서둘러 녀석의 입을 틀어막았다.

"에이단! 참아!"

로건도 에이단이 발작할 것을 대비해 녀석을 잡고 있는 손에 바짝 힘을 가했다.

"미, 미안! 내가 잠깐 흥분했다. 방금 전 말은 취소!"

일라이가 본인의 잘못을 금방 깨닫고 바로 사과했길 망정이지, 에이단의 난동(?)이 자못 길어질 뻔했다.

"웃기는 녀석들이군."

아들과 그 친구들의 대화를 말없이 지켜보던 라예가르가 돌연 실소를 터뜨렸다. 그에 친구들이 돌아보자 그가 물었다.

"너희는 무섭지도 않냐?"

"무섭다니요? 뭐가요?"

"우리가 말이다."

"……?"

"인간이 아닌 드래곤이라고 밝혔는데도 어째서 다들 겁먹은 얼굴이 아닌 거지?"

일라이에게 소리치며 따지고 드는 에이단은 물론이고, 둘 사이를 말리며 중재하는 바율과 로건 역시 정체를 알기 이전과 전혀 달라진 바가 없었다.

마족에 비해 덜할지는 모르나, 드래곤 또한 인간들에겐 공포의 대상이었다. 지금 같은 장면은 라예가르의 예측과 멀어도 너무 멀었다.

"이사장님, 질문이 좀 이상한 것 같은데요. 나만 그렇게 느끼나?"

"아니, 나도 그렇게 느껴."

웬일로 에이단과 로건의 뜻이 같았다.

"라이는 우리의 친구입니다. 이사장님은 친구가 무섭기도 하던가요?"

"글쎄. 친구가 없어서 모르겠는데."

"드래곤이면 나이도 엄청 많으실 텐데, 그동안 친구도 안 사귀고 뭐 하셨대요? 인생 헛사셨나 봅니다."

"에이단."

녀석의 심정은 알겠다만 너무 막 나갈 필요는 없었다. 바율이 그만하라는 눈짓을 보내자 에이단이 입술을 삐쭉이더니 고개를 팩 돌렸다.

"그럼 저쪽은 친구가 아니라서 저 상태인가 보군."

라예가르가 가리키는 쪽에는 이언이 서 있었다. 마족에 이은 드래곤의 등장. 사실 지금 따로 표현을 안 해서 그렇지, 그의 머릿속은 혼란의 도가니였다.

고위 마법사인 줄로만 알았던 라예가르가 실은 드래곤이었다. 그에게 붙었던 체이서의 수가 몇이던가. 그들이 왜 그리 맥없이 들켰는지 정녕 이해가 가는 순간이었다.

"이제 정체도 다 알았겠다, 남은 건 퀸을 살리는 일뿐인가?"

"……!"

데스의 말에 바율은 정신이 확 들었다. 잠시 깜박했다. 그들이 여기 모인 이유는 다른 무엇도 아니고 퀸 때문이었다.

"그래요, 데스. 이사장님이 퀸을 살려 내는 미래를 봤다고 했죠? 드래곤은 그런 것도 가능한 건가요?"

"바율, 그건 내가 전에도 말했잖아. 죽은 자를 살려 내는 건 드래곤도 하지 못한다니까?"

"하지만 데스가 미래를 보았다고……."

"마족 따위가 하는 말을 그대로 믿는 거야? 마족은 믿을 게 못 되는 놈들이라고!"

"훗, 킬리안 네가 맞는 말을 할 때도 있구나."

팔짱을 낀 채 세라리카 교수가 히죽거렸다.

"데스……."

바율이 무슨 말이라도 해 보라는 듯 데스를 쳐다보았다. 그의 말만 믿고 이곳까지 온 것이었다. 바율이 아는 한 데스는 절대 거짓말을 할 성격이 아니었다.

"저 꼬맹이의 말이 맞아. 제아무리 마법이 드래곤의 산물이라고는 하나, 죽은 자를 살려 내지는 못하지. 사실 그런 건 우리 쪽 전공이기도 하고."

"그것 봐. 너한테 괜히 수작 부리려고……."

"하지만 분명히 봤어. 저자가 퀸을 살려 내는 미래. 아몬의 예지는 단 한 번도 틀린 적이 없거든."

이제는 당신이 말할 차례야.

데스의 도전적인 시선에 잠자코 있던 라예가르가 결국 머리를 긁적이며 인정했다.

"기다리는 사람이 있어서 말을 좀 아끼고 있었는데, 저리 입방정을 떠니 하는 수 없군."

"…뭐야? 저 마족 놈의 말이 사실이라고? 당신이 정말 퀸을 살려 낼 수 있단 말이야?"

일라이가 말도 안 된다는 듯 자신의 양부를 바라보았다.
퀸이 살아날 수만 있다면 뭐든 할 수 있었다. 하지만 방법
이 없다는 건 일라이가 제일 잘 알았다.

"정확히는 내가 아니다."

"……?"

"이 반지가 녀석을 살릴 거야."

라예가르가 손을 들어 올리더니 친구들을 향해 흔들었
다. 그의 약지엔 익숙한 모양의 반지가 끼워져 있었다.

"어? 그 반지는!"

"저거 대양의 눈 아닌가?"

"퀸의 반지를 어떻게 이사장님이 갖고 있는 거죠? 바율,
저 반지 너희 아버지께 있는 거 아니었어?"

바율도 여태 그런 줄 알았다. 어머니의 유품이 어째서 이
사장님께 있는 거지?

"놀라는 걸 보니 이 반지가 뭔지 아는 모양이군."

"설마 퀸에게서 훔친 건 아니겠지?"

"이젠 네 아비를 도둑으로 모는 것이냐?"

혹시나 해서 물은 것이지, 일라이도 라예가르가 그랬을
거라고는 생각하지 않았다.

"근데 왜 퀸이랑 똑같은 반지를 끼고 있는 건데? 퀸이

아니면, 바율 아버지에게서 빼앗기라도 한 거야?"

"란데르트 공작이 이리로 오고 있다지?"

라예가르가 손가락으로 반지를 만지작거렸다.

"그가 이것과 같은 반지를 갖고 오기를 기도해라. 대양
의 눈만이 퀸을 살릴 수 있으니까."

"…대양의 눈으로 퀸을 살린다고?"

"그게 정말입니까? 진짜로 그 반지로 퀸을 살릴 수 있어
요?"

"그럼 지금 살리면 되잖아요! 그 반지, 퀸에게도 있다고
요!"

"하나로는 부족해."

"우리도 알아요. 두 개의 반지가 모여야 큰 힘을 발휘한
다고 퀸이 전에 그랬어요."

"아니, 두 개가 아니라 세 개다. 대양의 눈은 원래 세 개
가 한 벌이야."

"…세 개가 한 벌이라고요?"

"그래, 그 세 개가 한데 모여야만 퀸을 살릴 수 있다. 그
러니 란데르트 공작이 부디 반지를 갖고 오기를 간절하게
바라며 기다리려무나."

대양의 눈이 본래 두 개가 아니라 세 개가 한 벌이다?

너희는 이게 믿겨져?

친구들은 누가 뭐라 할 것 없이 서로를 돌아보았다.

대양의 눈은 인어국의 보물이었다. 퀸은 그 인어국의 왕자다. 그리고 그런 녀석이 분명 두 개가 한 쌍을 이룬다고 하였는데, 어찌 된 영문일까?

퀸이 거짓말을 했을 리는 없다. 그에게는 그럴 이유가 전혀 없었으니까.

그럼 퀸도 몰랐던 사실인가?

그도 아니면 라예가르가 지금 자신들에게 사기를 치는 것인가?

"또, 또 이상하게 쳐다본다."

아들인 일라이의 눈에 다시금 의심이 들어차자 라예가르가 고개를 절레절레 저었다.

"…그거 진짜 대양의 눈 맞아?"

"아주 오래전, 수천 년도 더 전에 내가 직접 인어국에서 거둔 것이다."

"거두었다니? 왜?"

"그야 반지의 힘이 너무 강력했거든. 그냥 두었다가는 이 세계의 균형이 무너질 것 같았지."

"고작 반지일 뿐인데 너무 과장해서 말하는 거 아니야?"

"…고작?"

라예가르의 눈빛이 바뀌었다. 그가 정녕 그렇게 생각하느냐는 듯 진지한 얼굴로 자신의 아들을 응시했다.

"드래곤인 나도 할 수 없는 걸 가능케 하는 반지다. 그런데 고작이라고?"

"아니…… 난 좀 이상해서 그렇지. 아티팩트도 아닌데 그런 큰 힘이 담겨 있다는 게 말이야."

"그럼 그렇지. 멍청한 피가 어디 가겠어? 태고의 신물도 못 알아보다니, 진짜 구제불능이군."

세라리카 교수의 비아냥거림이 다시 시작되었다. 하지만 누구도 그에 기분 나빠할 새가 없었다.

"태고의 신물이란 게 무슨 뜻이죠?"

바율과 친구들이 그녀의 말을 이해하지 못한 것과 달리, 일라이의 두 눈이 놀라움으로 휘둥그레졌다.

"설마 대양의 눈이 주신의 하사품이란 말입니까?"

"귓구멍은 제대로 뚫려 있는 것 같은데, 어째 한 번에 알아먹지 못하고 다시 묻는 건지. 생각해 보면 그것도 꼭 제 친부를 닮았다니까. 아주 역겨워."

"…저기요, 세라리카 교수님. 말씀 중에 죄송한데요, 아까부터 라이에게 말이 너무 심하신 것 아닙니까?"

에이단이었다. 녀석이 결국 참지 못하고 세라리카 교수를 향해 언성을 높였다.

"같은 드래곤이라면서요. 근데 왜 그렇게 라이에게 함부로 하는 거죠? 무슨 악감정이라도 있으십니까?"

친구들 모두가 묻고 싶은 말이었다. 그녀의 태도는 단순히 싫어하는 감정 이상이었다.

"악감정이라……."

따지고 보면 틀린 말은 아니지만, 그렇다고 그녀의 심정을 완벽히 대체할 수 있는 단어도 아니었다. 종족이 같다고 해서 다 같은 드래곤일 수는 없었다.

하물며 더러운 피를 이어받은 녀석과 그녀가 어찌 같을 수 있단 말인가?

"난 그저 쓸모없는 존재에 대해서 얘기했을 뿐, 그 이상도 그 이하도 아니야. 사실 저 녀석이랑 말을 주고받는 것 자체가 몹시 불쾌하거든."

"나 원 참! 사람을, 아니 드래곤을 면전에 두고 그런 말이 나옵니까? 그리고 보니 좀 전에는 역겹다고도 하셨죠? 그러고도 교수 맞습니까? 제가 볼 때 문제가 있는 건 오히려 교수님이신 것 같아서 말입니다. 인성이 아주 바닥이시네요."

"부족한 게 어디 인성뿐이겠어? 예전이나 지금이나 성질 더러운 건 하나도 안 바뀌었다니까. 쯧쯧."

조용히 지켜보고만 있던 데스가 혼잣말인 듯 아닌 듯 크

게 중얼거렸다. 그에 마족이라면 질색하는 세라리카 교수
가 사납게 맞받아쳤다.

"멋대로 조약을 깨고 한심하기 짝이 없게 구는 마족 놈
들에게 들을 말은 아닌 것 같은데."

"아직 못 들은 모양이지? 내가 조약을 깨지 않았다는 건
이미 로드가 인정한 사실인데?"

데스의 대꾸에 세라리카 교수가 라예가르를 향해 획 돌
아섰다. 설명해 보라는 뜻이었지만, 라예가르는 그걸 지금
말해 줄 생각이 없었다. 보나 마나 시끄러워질 게 뻔한 일,
나중에 말해 줘도 충분했다.

"저놈들과 조약을 맺으신 겁니까? 어떤 조약이죠?"

일라이는 금시초문이었다. 그에게 마족이란 철천지원수
일 뿐이었다.

"설명하려면 길다. 나중에 얘기해 주마."

"그냥 지금 말씀해 주세요. 마족과 연관된 것인데, 제가
모른다는 게 말이 안 되잖아요."

"킬리안, 네가 모르는 게 어디 그거 하나뿐이겠니?"

"……?"

"널 살리기 위해 네 양부가 뭘 걸었는지 알면 놀라서 까
무러칠걸?"

"세라!"

그쯤 하면 되었다. 그 이상은 용인치 않을 것이다. 라예가르가 입조심하라는 듯 서늘한 눈빛을 보냈다.

"…날 살리기 위해 뭘 했는데요?"

일라이가 아는 한, 라예가르는 자길 위해 아무것도 하지 않았다. 외려 괴롭히기만 했지, 제대로 된 보호를 받아 본 적은 단 한 번도 없었다. 그가 자신을 책임지는 것도 알량한 로드의 자존심 때문이라 생각했다.

이제껏 희생 비슷한 얘기도 들어 본 적 없었다. 보나 마나 말도 안 되는 소리일 게 분명했다. 그럼에도 세라리카가 하는 말이기에, 잔인한 언사를 서슴없이 내뱉기는 하지만, 그녀가 거짓말은 하지 않는다는 걸 잘 알기에 듣고 싶었다.

"라이, 그만 기숙사로 돌아가라."

"뭐라고요?"

"어차피 퀸을 살리려면 란데르트 공작이 와야 해. 그때까지는 다들 쉬고 있는 게 좋겠구나."

이런 상황에서 급하게 마무리 짓는 라예가르의 태도는 더 의심스러울 뿐이었다. 일라이가 '네' 하며 순순히 물러날 거라고 생각했다면 그건 그의 오판이었다.

"말해. 당신이 날 위해 뭘 했는지."

일라이는 그걸 듣기 전까지 한 발자국도 움직이지 않을 태세였다.

퀸을 살리려고 모인 자리에서 분위기가 이상하게 흘러가고 있었다.

그간 봐 왔던 라예가르와 일라이의 모습은 다분히 정상적인 관계는 아니었다. 그것을 매우 잘 아는 바율과 친구들이기에 감히 나설 수가 없었다.

"어이, 킬리안."

일라이와 라예가르의 대치 상태가 제법 지속되어 갈 즈음, 뜬금없이 데스가 일라이의 옛 이름을 불러 댔다. 그에 일라이가 기분 나쁘다는 듯 인상을 찡그리자 데스가 잠시 뜸을 들이다가 다시금 입을 열었다.

"그렇게 불리는 게 마음에 안 드는 모양이네. 그럼 이건 어때?"

"……?"

"레드 일족의 마지막 헤츨링. 저주받은 광룡 라노스의 유복자. 이건 좀 마음에 드나?"

"네, 네가 어떻게 나를……!"

"마족인 내가 어떻게 너를 알고 있냐고? 그야 간단하지. 그 당시 해결사로 나선 게 나였거든. 조약도 그때 맺어진 거고."

"거기까지. 거기까지만 해라."

라예가르가 데스를 죽일 듯 바라보며, 그러나 어조만큼

은 정중하게 요청했다.

"아직은 때가 아니야. 준비가 되면 그때 다 얘기해 줄 테니, 킬리안 너도 더는 묻지 마라."

"상황을 이 지경으로 만들어 놓고, 뭐? 더는 묻지 말라고? 하핫, 왜? 내 친부를 죽여 놓고 양심에 가책을 좀 받기는 했나 봐? 내 얼굴을 마주하고는 도저히 말이 안 나오나 보지?"

"라이……."

점점 흥분하는 일라이가 걱정되었다. 바율이 진정하라는 뜻으로 녀석의 이름을 조심스럽게 부르자 돌연 일라이가 고백했다.

"너희들, 전에 지리 시간에 블레이크 교수님께서 해 주신 이야기 기억나? 마족과 결탁해서 대륙을 거의 멸망 직전에 이르게 했다던 미친 드래곤. 광룡 라노스. 그게 내 아버지야."

"……!"

좀 전에 데스에게서 듣기 했지만, 당사자인 일라이의 입을 통해 다시 한번 확인하니 충격이 컸다. 역사에도 기록된 희대의 재앙이라는 라노스가 일라이의 아버지라니, 수업 시간에 바르르 떨던 녀석의 모습이 이제야 이해가 되었다.

"더 웃긴 얘기 해 줄까? 내 친부를 죽인 자가 바로 이 자야. 내가 처음 그 사실을 알았을 때 기분이 어땠는지 알아?"

아니, 모르겠다.

아마도 평생 모를 것이다.

그걸 알게 되었을 때의 감정을, 감히 어찌 겪어 보지 않고 이해한다고 말할 수 있을까.

"널 살려 둔 게 의외이긴 해. 라노스의 피를 이은 놈들은 모조리 죽이겠다고 하지 않았던가? 조약에도 쓰여 있던 것 같은데."

데스는 아직도 생생히 기억하고 있었다. 미쳐서 날뛰는 라노스를 잡기 위해 처음으로 마계와 드래곤들이 손을 잡았다. 라노스의 광기에 휘말린 마족들도 함께 처단하기 위해 내린 결정이긴 했지만, 다시는 되풀이하고 싶지 않은 공조였다.

"그것 때문에 원로원까지 열렸었지. 레드 일족은 오래전부터 사고뭉치였기에 이참에 말살해 버리자고 다들 아우성을 쳐 댔었어. 들끓는 피를 좀처럼 다스리지를 못했거든."

그날을 회상하자 세라리카 교수의 고운 이마에 주름이 잡혔다.

"근데 살아남은 이유는?"

"원로 하나가 완강히 반대했으니까. 그는 하나 남은 레드를 무척이나 살리고 싶어 했지."

"호오, 측은지심인가?"

"글쎄. 그건 잘 모르겠는데…… 어쨌거나 그 하나 남은 레드 때문에 대가를 하나 지불하긴 했지."

"세라, 당장 꺼져."

라예가르가 마지막으로 경고했지만, 이번에는 먹히지 않았다. 그녀가 일라이를 차갑게 바라보며 말했다.

"수명."

"……?"

"너를 죽이지 않고 보살피는 대가로 그는 자신의 수명을 내놓았단다. 그것도 천 년이나."

"…수명을 내놓았다고?"

"이제 알겠니, 킬리안? 내가 널 왜 이리 싫어하는지?"

너 따위에게. 더러운 피를, 저주받은 피를 이은 너 따위에게 고귀한 혈통의 원로가 무려 천 년의 수명을 걸었다.

그건 그를 진심으로 존경하고 애정 했던 세라리카에게 너무나 큰 실망을 안겨 준 사건이었다.

"참고로 그 원로가 지금 바로 네 눈앞에 있는 너의 양부란다. 이제는 로드가 되었지. 알고나 있으라고."

일라이의 신형이 크게 흔들렸다.

"라이!"

친구들이 재빨리 다가가 부축했길 망정이지, 하마터면 그대로 볼썽사납게 바닥을 구를 뻔했다.

일라이가 믿을 수 없다는 듯 라예가르를 향해 고개를 들었다.

"왜…… 어째서…… 나를……?"

"세라, 거래는 끝이다. 그만 레어로 꺼져 버려."

라예가르가 일라이를 마주 본 채 싸늘하게 명령했다.

"내가 가면 마법학부 수업에 차질이 생길 텐데요?"

"어차피 당분간은 계속 휴강이야. 꽤 긴 시간 내 눈에 띄지 않는 게 좋을 거다. 마족에 관해서도 원로원에 가서 떠들 거면 얼마든지 떠들어. 물론 그 대가는 반드시 치르게 될 거다."

라예가르는 완전히 다른 사람 같았다. 평소 장난기 많던 모습은 온데간데없이 사라지고, 활화산처럼 당장이라도 폭발할 것만 같은 무시무시한 분위기를 풍겼다.

"우리는 좀 비켜 주는 게 좋을 것 같아."

아무래도 일라이와 라예가르 간에 할 이야기가 많아 보였다. 친구라면 함께 있어 줘야 할 때와 그렇지 않을 때를 분간해야만 했다.

바율의 주도로 에이단과 로건, 이언과 데스까지 조용히 오두막을 빠져나왔다.

그리고 나흘 후, 오전 9시경. 마침내 캐링스턴 기차역에
란데르트 공작이 도착했다는 소식이 들려왔다.

〈다음 권에 계속〉

4컷 만화

스피넬

설마

블랙이 데스의
애완견이었다니

요즘 안 보인다
싶었는데….

그러고 보니 원래는
하얀 개였지.

나도 참.
블랙이라고 부르는 게
아니었는데.

푸핫

…잠깐만,

정령의 펜던트

보너스
4컷 만화

빅피

정말로…
검은 머리일까…?

뭔가 쓸데없는 걸
생각하고 있군.

도발

진정한 승리자